AF365003

MENTIRAS EUROPEAS
y cinco cuadros robados

MENTIRAS EUROPEAS
y cinco cuadros robados

Alonso Aguilar Orihuela

MᴇNTIRAS ᴇUROPᴇAS y ᴄINCO ᴄUADROS ROBADOS
© Alonso Aguilar Orihuela
Núm. de depósito: DEP637420051120273902, 2020
© Diseño de portada: Katrarina Naskovsky y Alicia Huerta Cortez

ISBN: 978-607-69721-4-4
Primera edición, 2024
© Editor: Omar Fabián Rivera
Prol. de Calzada de la República 101, Col. Fernando Gómez Sandoval.
Santa Lucía del Camino, Oaxaca. México. C.P. 71243
Correo: eferreditor@gmail.com
Catálogo y *whatsApp*: 951 273 72 59
Facebook

Hecho en México

ÍNDICE

Alice, you make my wonderland.

Los habitantes de Cuévano suelen mirar a su alrededor y después concluir:

> *—Modestia aparte, somos la Atenas de por aquí.*

Jorge Ibargüengoitia. *Estas ruinas que ves.* 1974

Debido a las amenazas recibidas durante la redacción de estos recuerdos, responsabilizo al gobernador por cualquier daño en contra mía, de mi familia o mi patrimonio.

Joaquín Lozano

1

LeandRO HelgueRA

¿Qué une más a dos individuos de naciones distantes, diferentes idiomas y color de piel que una desinteresada y húmeda mamada? Contribuir a la felicidad del otro es el acto más noble, decía Tolstoi. Corríjanme si no es así, pero cuando muestras tu miembro a una joven que has conocido en una expo de arte contemporáneo, con quien has compartido risas, champán y coca, y ella te ve a los ojos con una mirada felina mientras desciende, no hay más que desear. No importa que toquen la puerta del baño donde estás. Sólo existe ese efervescente placer. Así conocí a Anca, una fotógrafa rumana que había viajado a Oaxaca para la exposición de Leandro Helguera. Integraba la comitiva de un banquero suizo que recién había probado el mezcal y andaba dando tumbos por ahí. Anca tomaba fotos desde distintos ángulos, incluso dentro del reducido baño: a mí, a ella, a nosotros con el rostro deforme por la risa y el deseo. Salimos del baño con olor a alcohol y a sexo.

La inauguración de Leandro fue un exceso. Cientos de personas festejaban su regreso a Oaxaca después de residir en Europa durante casi quince años. Se suponía que estábamos felices, pero en realidad estábamos súper drogados. Las risas descontroladas, el sarcasmo disfrazado de inteligencia y esa falsa superioridad que provoca la coca se mezclaban con la música electrónica y cócteles de colores repartidos por meseras con pelucas azules, rosa y anaranjado. Y esa sensación que provoca la droga más dura, que inflama el ego como nada en el mundo, el lenguaje internacional por excelencia: el dinero, mucho dinero. Algo que rodea al arte contemporáneo y que a nadie causa escozor o dudas sino admiración y servilismo. Leandro Helguera había regresado a México, a Oaxaca, su ciudad natal, con cotizaciones de veinte, veintiocho y en ocasiones hasta treinta millones de euros por óleos abstractos de formato mediano. Algo que sacudió el mercado europeo y la escena del arte en México. Una mercancía que interesó a los coleccionistas, museos y corporaciones internacionales que pujaban por ellas en las subastas. Ahora, Leandro mostraba su trabajo por primera vez en México, en un páramo museístico bucólico, el Museo de Artistas Contemporáneos de Oaxaca.

Aquella noche llegué al museo tarde. El saco arrugado, de lino crudo, y los jeans sucios me hacían ver más ebrio de lo que estaba. Al medio día había sido la despedida de Néstor Feliciano, un periodista puertorriqueño maestro y amigo que regresaría a París después de impartir una conferencia sobre el expolio de arte durante la Segunda

Guerra Mundial. En su fiesta comimos bifes, bebimos vino tinto, mezcal y cerveza. Pensé en faltar a la inauguración, pero debía escribir una crónica de *"la exposición más importante en la historia de Oaxaca"*, según mi jefe de redacción. Así que apuré un último mezcal y abrí los brazos para despedirme de mis amigos.

—*¡Ciao*, maestro, buen viaje!

Soy feliz, recuerdo que pensé al salir de la casa de Néstor, mareado y sonriendo. Recién había llovido y el empedrado del barrio de Xochimilco reflejaba las luces de los faroles. Eran serpientes amarillas reptando hacia mí.

Un par de cuadras antes de llegar al museo escuché la música electrónica y ví los balcones del segundo piso iluminados con luces violetas adosadas a la cantera del edificio histórico. Bajo ese resplandor, gente platicando, riendo, vistiendo ropa cara y tomando bebidas brillantes. Al llegar a la entrada del sitio, la gran puerta de madera estaba cerrada y unas cien personas se arremolinaban para entrar. Un par de guardias de seguridad pasaban a algunos y dejaban fuera a muchos otros según la lista de invitados. Sentí un escalofrío. Era un ambiente muy distinto al fraterno e íntimo en el que había estado hacía unos minutos.

—Es un edificio histoórico. ¡Por favoor, respeten el recinto! —gritaba Isi, la directora del museo, enfundada en un largo huipil de seda roja con bordados de hilo de oro, alargando las vocales para ocultar su origen triqui. Había salido unos minutos para calmar a la multitud que amenazaba con dar portazo para entrar a la exposición.

—Es increíble lo que hace la publicidad —dije en voz alta.

Leandro me parecía un pintor mediano y sus cotizaciones una locura. No lo veía como "*un genio*", ni "*el mejor artista contemporáneo de México*". Tampoco consideraba que "*reposicionara la pintura como forma de expresión*", y aún menos que fuera "*el sucesor de Francisco Toledo*", como afirmaban críticos de arte europeos, estadunidenses y algunos latinoamericanos que se subían a la arrolladora y para mí incomprensible fama de Leandro. Me burlaba de ellos porque pensaban que ser buen artista era tener cotizaciones millonarias, y ellos se reían de mí precisamente porque le restaba valor a ese aspecto. Conocí a Leandro desde niños. Fuimos los mejores amigos hasta que se fue a París y se volvió rico, famoso y paranoico.

Cuando entré al museo vi a algunos cerdos libidiniosos bajo velos de monja, unicornios bebiendo veneno en copas altas, perros ciegos lamiendo colas ajenas, avecillas y sapos negros: políticos, modelos de Instagram, periodistas y *groupies*. Las salas estaban abiertas y las bestias iban de una hacia otra buscando algo. Tal vez el sentido de la exposición, pensé después de ver la obra: largas barras led de distintos colores, apiladas sobre el piso, formando algo que parecía una enorme fogata. Alrededor de ella, pendían del techo lienzos de lino y pliegos de papel japonés pintados con óleo y aerosol. La pintura era gruesísima. Cuatro centímetros de óleo en lienzos sin enmarcar. Tenían ramas, resortes, alambres y otros elementos adheridos a la masa pictórica.

—¡¿Qué es esto?! —, de pronto, la lente de una cámara se estrelló contra mi frente.

Una chica rubia con un blusón de lino blanco se disculpó en un inglés rasposo, apuntando hacia mí sus iris Yves Klein que contrastaban con el resto de sus ojos: rojos, como si hubiera fumado mariguana. Prometía diversión. Dijo que mi voz la había asustado y por eso volteó rápidamente. Después, preguntó qué estaba haciendo en la exposición.

—*I am an art critic* —mentira—, *and I have a column in a national newspaper* —media mentira . No tenía ninguna columna, aunque publicaba constantemente en la sección cultural de un diario nacional.

Los Yves Klein dejaron de apuntar hacia mí.

—*I'm also a good friend of Leandro* —me miró. Lo noté y seguí alardeando—. *We have known each other since we were kids. Do you want to meet him?*

—*Of course* —extendió la mano—. *I'm Anca.*

Intercambiamos teléfonos y ofreció tomar fotos para mi "columna", y aunque mis textos nunca se acompañaban con fotos, no rechacé la propuesta. Le pedí que también tomara fotos de las personas. Me interesaban las bestias que estábamos en el museo. Ya empezaba a armar la crónica en mi mente, y a fantasear con Anca.

Mientras caminábamos eufóricos por las drogas y la parafernalia de la expo, se acercó Isi.

—¡Joaquín, bienvenidoo! —con acento fingido.

—Hola, Isi, te presento a Anca, la acabo de conocer. No sé si felicitarte por la expo o compadecerte. Organizar esto debió ser un martirio.

—Ni lo digas. Hemos cumplido todos los caprichos de tu amigo. ¿Ya les ofrecieron algo de tomar?, ¿una cerveza, un mezcal?, hay cocteles. Lo que gusten.

Sisi hizo una seña al aire y se acercaron un par de meseras vestidas con traje negro y camisa blanca, una con una peluca azul eléctrico y la otra con una rosada.

—¡Imagínate! Exigió que siempre estuvieran junto a él dos camarógrafos y un mesero con champán y fresas. Le grita a todos. Es un perfeccionista.

—Me parece grosero, pero querías que *el artista más importante de México* expusiera aquí, ¿no? —dije burlón. Isi, ni se inmutó.

—Claro, pero no esperaba que Leandro fuera así. Al menos, prometió donar una obra al museo. Eso vale cualquier humillación.

—Si tú lo dices —Isi volvió a sus tareas.

Mientras tanto, Leandro Helguera estaba flanqueado por *groupies*. Pero lo que más rodeaba a Leandro era su ego. Estaba eufórico. Hablaba a gritos. Se veía excitado, alterado por tantos ojos mirándolo caninamente, con la devoción que debía sentir alguno de esos falsos profetas brasileños. Tenía los ojos vidriosos tras los gruesos lentes de pasta y su forma de beber champán, como si nunca lo hubiera hecho, notaban que estaba hasta la madre.

Veía a Leandro y a sus acompañantes desde mi ebriedad cuando se acercó Stephan, el galerista francés de Leandro, enfundado en un traje oxford de tres piezas, balanceando su metro noventa de servilismo y negocios raros: el macho cabrío en *El aquelarre* de Goya.

—Vaya, vaya. El escritor y su nueva chica, bienvenidos —con un énfasis que intentaba ser sarcástico pero que se escuchaba caricaturesco por el acento.

—Hola, Stephan. Te presento a Anca —se saludaron brevemente—. Ya sabes, no me podía perder *la expo del año* —dije con acentuado sarcasmo mexicano, didáctico, para que aprendiera.

El cabrío negro sonrió con cortesía aséptica.

—Te ves cansado, Joaquín.

—Nada que tu magia no pueda arreglar —me dio una pequeña bolsa con coca y fui hacia el baño.

Verter. Cortar. Esnifar. ¡Ahh, puta madre! ¡Maldito Stephan! Sentí las rayas cavar profundo en mi mente, sublevar las ideas, ordenarme implacable: ¡firmes! ¡Sacúdete la borrachera! ¡Lávate la cara! ¡Hoy te coges a la rumana!

Salí del baño y Stephan hablaba con Anca y Mimí, la esposa de Leandro.

—Te ves un poco mejor, Joaquín —dijo el aséptico Stephan, con su malhecho sarcasmo.

No hice caso ni le regresé la bolsa. Por pendejo. Saludé a Mimí. Era la Venus de Botticelli con vestido negro, largo, cabello rojo y rizado sobre la espalda descubierta. Me daba gusto verla y percibir su sutil aroma a jazmín. Era la única persona cercana a Leandro que no se aprovechaba de él. Se habían conocido en París, poco antes de que Leandro se volviera famoso en Ginebra y conociera a Stephan.

—¡Joaquín, me da mucho gusto que hayas venido!

—Gracias, Mimí. Te presento a Anca.

Isi regresó. Nos informó que el gobernador llegaría en unos minutos.

—Para que nos acompañen en el recorrido oficial, porfa —dijo alargando la *a*.

Mimí, Anca, Stephan y yo caminamos con soberbia hacia Leandro. Nos imaginé en cámara lenta. Erguidos, con las fosas nasales inflamadas por la coca, hablando a gritos. Éramos el grupo íntimo del artista. La gente nos miraba con admiración y envidia. Stephan hizo un ademán con el brazo derecho como si abriera el Mar Rojo y los *groupies* se hicieron a un lado para dejar pasar a *la familia*, con ese tono al mismo tiempo solemne y burlón que la prensa local usaba para referirse a Stephan y a Mimí. Leandro y Mimí no tenían hijos, y con Stephan formaban un equipo peculiar.

Leandro me saludó con emoción desmedida, asumí que por la coca. Me abrazó y me dijo al oído:

—Cabrón, ¡qué buena está la europea que te ligaste!

—Mejor atiende tus negocios —respondí. Leandro rió y me volvió a abrazar.

—Mañana recibiré a unos coleccionistas. Quiero que los conozcas. Te espero en el taller.

Iba a presentar a Anca cuando vi a un grupo de escoltas abrirse camino. El gobernador nos ignoró, saludó a Leandro en un perfecto francés y se abrazaron palmeando sonoramente sus espaldas. Alejandro, el gobernador, también era amigo de Leandro y lo había visitado en Ginebra. Decían que él lo había convencido de regresar a Oaxaca para producir y vender obra al extranjero. Eso significó trasladar su taller de pintura y una pesada prensa litográfica del siglo XIX, a un lugar adecuado. En el mundillo del arte, se rumoraba que el traslado y el taller lo había pagado el gobierno a través de un fideicomiso *offshore*. No sé qué habrá prometido Leandro al gobernador. En Oaxaca, los políticos y los artistas hacen negocios raros. El recorrido oficial inició con palabras de Stephan. Aunque no eran graciosas causaron risas en los *groupies*.

Stephan notó la avidez de "el maestro por dar un giro en su producción y crear formatos más grandes". Exageró describiendo en las obras cosas que no existían. Aludió a la construcción de un discurso filosófico con raíces primitivas que lo distinguían de cualquier otro pintor. Mentiras. Me harté de esa perorata y recordé la bolsa de coca casi llena. La saqué discretamente, se la mostré a Anca y levantando la ceja izquierda la invité a acompañarme. Entramos a los servicios y no hubo más qué explicar. Una, dos, tres rayas y la bendita comunión de una mamada.

Salimos del baño riendo, con olor a alcohol y a sexo. Al caminar hacia el patio principal nos quedamos pasmados unos segundos. Parecía que hubiéramos salido de una fiesta y entrado a otra. Las personas afuera del museo habían abierto la pesada puerta de madera. Había gente aplastada, otros corrían hacia la salida y chocaban contra quienes querían entrar, pisando a los que estaban frente a ellos. Los guardias del gobernador trataban de crear un círculo de seguridad alrededor de él. Cuando uno de ellos sacó una pistola, la situación empeoró. Gritos. Empujones. No entendía lo que Anca decía, pero estaba eufórica. Imaginé *El vuelo del abejorro* de Korsakov mientras veía la escena: Anca tomando fotos de modelos haciendo rarísimas muecas de dolor, de las obras tiradas, big close-ups a peinados extravagantes, a zapatos en el piso, al edificio en sí. Una pareja de viejitos corrió para refugiarse cerca de mí, junto a una escultura de cantera. El estallido de un ventanal de vidrio me hizo voltear. Pelucas de colores escondiéndose, mujeres elegantes y señores adinerados rodando por el piso. Escuché algo y volteé de nuevo. Vi que la escultura de cantera tambaleaba. ¡Los viejitos! Corrí hacia ellos y jalé a la señora, pero un trozo de cantera cayó sobre el pie derecho de su esposo. Lo cargué hasta uno de los patios interiores. Anca miraba de lejos, y caminó hacia mi.

La inauguración se fue al carajo. Hubo más de cincuenta heridos esa noche. Ni los cócteles de colores, la coca o los coleccionistas millonarios anularían tal desgracia. Imaginaba las notas en la prensa cuando escuché las ambulancias.

No había más qué hacer esa noche trágica que perderme en los Yves Klein.

—*You like come to my house for a coffee?*

—*There is a problem. I don't drink coffee.*

—*No problem. I don't have any.*

2

Una solución multicolor

Al día siguiente, mientras Anca seguía dormida, me bañé y esnifé un par de rayas. Cuando regresé a la habitación, desnudo, ella había despertado. Sus Yves Klein me escrutaron.

—*Hi, my hero* —dijo serpenteando su cuerpo turgente entre las sábanas desgastadas. Sonreí.

—*Hi, there* —beso sabor a mar.

Kakis, camisa blanca, top siders, gafas y salí al día cegador.

Tenía más de veinte notificaciones en el celular. Revisé y sí, la prensa se había ensañado. Periódicos locales y nacionales reseñaron el accidente, no la expo: "64 heridos en la inauguración de Leandro Helguera". "Turistas extranjeros preparan demanda colectiva". "Daños irreparables al edificio histórico". Tenía ocho llamadas perdidas de mi jefe de redacción y un mensaje: La crónica era para ayer. Si no la mandas hoy, no te molestes en volver a colaborar. Putamadre, no era para tanto.

Conduje mi Jetta viejo hasta el taller que el gobierno le había dado en comodato a Leandro. Estaba en un complejo fabril a las afueras de Oaxaca, a unos treinta minutos. Sólo había ido una vez y me perdí en un laberinto de bodegas abandonadas, metal oxidado y árboles sin podar. Hasta que encontré la nave. Llegué poco después de las doce. Afuera del taller estaba el Mercedes gris de Mimí y el BMW azul de Stephan. La Range Rover negra y el Maserati blanco debían ser de los coleccionistas. El taller era una galera de lámina del tamaño de media cancha de fútbol dividida en varias partes: una galería con rieles para montar las obras, las oficinas en un tapanco, la antigua prensa litográfica, el taller de pintura con caballetes y lienzos en blanco, una bodega y una carpintería cerrada donde hacían los marcos y preparaban los lienzos.

Entré caminando rápido y con la grabadora del celular encendida. Quería terminar la entrevista y ver a los coleccionistas lo más pronto posible. Estaba molido, debía escribir la crónica y tenía ganas de volver con Anca.

Cuando entré a la oficina, Leandro estaba liado con Stephan. Le gritaba y aunque Mimí trataba de calmarlo, no lograba contenerlo.

—Por favor, sirve un whisky para Leandro —ordenó Mimí a Isi.

—¡Eres un estúpido, Stephan! Tú y los ambiciosos amigos del museo. Los coleccionistas no quieren este tipo de atención. Nosotros no necesitamos este tipo de atención.

—Tú eras el más entusiasmado con la idea de exponer aquí, y no te veías incómodo rodeado de admiradoras, con la nariz llena de cocaína.

En ese momento no supe qué decían. Después, Anca me ayudaría a comprender la grabación y mucho más.

Isi le pasó el whisky a Leandro y eso fue suficiente para que estallara contra ella. Le arrojó el vaso y casi le pega en la cabeza.

—¡No voy a donar ni un centavo al museo! ¡Eres una estúpida!

Isi salió llorando de la oficina de Leandro, secándose las lágrimas con la manga de su camisa blanca de lino. Volteó a verme con cara de animal asustado, no un animal grande sino uno pequeño y feo, que huía de los gritos.

Leandro se fue a los golpes en contra de Stephan. Mimí lo contuvo interponiéndose entre ellos y gritando.

—¡Silencio!, los dos, parecen niños. Hay personas que nos esperan para hablar de negocios. Debemos cumplir compromisos.

Leandro y Stephan recuperaron la cordura poco a poco. Mimí sirvió otro whisky en las rocas para Leandro y se llevó a Stephan a la sala de exhibición, con los coleccionistas, supuse. Leandro me saludó a la distancia levantando el vaso y caminó hacia mí.

—Pensé que te quedarías *empiernado* en tu casa, con la europea de ayer.

—La dejé descansando.

—La hubieras traído.

—No quiso ver otro *performance* tan intenso como el de ayer —dije riendo, pero el comentario no causó gracia.

—Ven, quiero que conozcas a los coleccionistas. Sobre todo, a una —Leandro guiñó—. Es una pantera —No supe interpretar el comentario—. Quiero que me ayudes con curadurías, ventas, comunicación con museos del extranjero. Stephan ya no se encargará de nada importante.

Putamadre, adiós visita rápida. Mimí y Stephan se habían adelantado para ver a los coleccionistas mientras yo entrevistaba fugazmente a Leandro. En la sala de exhibición había varios lienzos de tres por cinco metros y decenas de noventa por sesenta centímetros, pintados recientemente. Los gruesos empastes de óleo aún no secaban. Esto se va a derretir en el traslado, pensé. ¿Qué están comprando estas personas? Leandro no perdía el tiempo. Era un artista trabajador y sabía bien su oficio. Por eso me molestaba que se conformara con ese estilo abstracto: pintura matérica deslavada con agua, una mezcla mal asimilada de Richter, Schnabel y Rauschenberg.

Stephan presentó a los coleccionistas. Había un par de empresarios suizos de unos sesenta y tantos años, uno de ellos con la mano izquierda vendada debido al zafarrancho de ayer. También había uno gringo, como de setenta. Pero quien llamó mi atención fue su acompañante: una mujer altísima, casi a rape, con la mirada y la piel negrísimas, que nos escrutaba con soberbia desde unos enormes diamantes que pendían de sus lóbulos. La pantera. Leandro y ella se miraban insistentemente. Cuando Stephan me presentó como "el crítico de arte", ella me miró con desdén, arqueando la ceja izquierda.

Caminamos por la galería mientras Stephan hablaba con los coleccionistas y Mimí sonreía con olor a jazmín. Parecía que habían representado esa comedia muchas ocasiones, pero su ánimo se notaba desmedido. Les falla la comprensión del personaje, pensé, y *pum*, el golpe de realidad. Me sentí el espectador percatándose que él también está en la escena. Adiós cuarta pared. Yo, burlándome de todos, también representaba un papel. La diferencia era que yo no sabía cuál era el guion y podía equivocarme en cualquier momento. Leandro, por ejemplo, jugaba el desgastado personaje del artista pseudo antisocial que tanto gusta y es rentable en Oaxaca, imitando a Toledo: callado, escondiendo la mirada, evasivo en sus respuestas. Lo que seguía era el toque distintivo dependiendo de la personalidad que quisiera proyectar el artista. En este caso, Leandro tomaba un poco de whisky y luego movía su vaso de manera circular, queriendo parecer, ¿sofisticado? ¡Qué pasado de moda! De pronto, escuché algo parecido al gruñido de una bestia. Leandro tuvo una arcada. Volteamos para verlo tocarse el pecho y convulsionar con los ojos desorbitados y la lengua de fuera. Era *Saturno devorando a su hijo*. Quiso sostenerse de uno de los cuadros pero cayó al suelo con la mano izquierda llena de óleo. Convulsionó hasta vomitar una solución multicolor. Los cócteles de ayer. A veces se me ocurren cosas estúpidas en momentos terribles. Mimí se arrodilló frente a él, incrédula. Luego se reclinó sobre su pecho y empezó a llorar en blanco y negro, como en una película de Truffaut. Stephan llamó por teléfono y los coleccionistas suizos se fueron de inmediato. Yo me quedé viendo la realidad suceder frente a mí sin hacer algo por cambiarla. Recuerdo ese momento bajo una densa neblina y un largo sonido agudo que lo abarcó todo, en parte por el shock, en parte por la coca y el alcohol que aún revolvían mi mente. El gringo y la Pantera se quedaron un momento y luego caminaron hacia la salida. Al pasar junto a mí, ella volteó a verme con una sonrisa irónica.

El gran artista de Oaxaca, sucesor de quién-sabe-quién, el millonario del arte, el amigo de la infancia que le pegaba a quienes se burlaban de mí por los tenis rotos, por usar lentes, porque nunca me gustó el futbol. A quien admiraba por ser atrevido con las chicas y bueno para los golpes, había muerto súbitamente frente a mí. Me sentí culpable sin saber por qué. Maldita escuela católica. Aún sentía su brazo sobre la espalda mientras caminábamos hacia la galería. Recordaba, más que sus palabras, mi reacción ante ellas: incrédulo, tajante, burlón. Hacía años que Leandro y yo no teníamos una buena relación, poco antes de su viaje a Europa. Él había sido un cobarde y yo un tonto que utilizó para...

—¿Podrías llevar a Mimí a su casa, por favor? —dijo Stephan.

—Claro.

—Debo encargarme de los asuntos policiales.

Stephan había llamado al gobernador, quien envió al taller a un grupo de forenses. Acordonaron el perímetro de la enorme nave industrial, la galería y empezaron los peritajes.

3

Chica Botticelli

Llevé a Mimí a su casa, en San Felipe del Agua, una zona residencial al norte de la ciudad. La casa era innecesariamente grande, blanca, minimalista y estéril. Tuve que ayudar a Mimí a abrir una enorme puerta de madera tallada. Aún estábamos alterados. Mimí había pasado del llanto tipo *Nouvelle Vague* a un silencio autómata. Pobre mujer. Ella se quedó en la sala y yo fui a la cocina a preparar café. Regresé con dos tazas.

—¿Podrías sacar el coñac? Está en el estante de abajo.

Serví un chorro en su taza y otro, más generoso, en la mía. Nos quedamos en silencio, con la mirada perdida en un punto fijo cualquiera. Y, ¿ahora qué? A mi sentimiento de culpa se unía la pena por Mimí y cierta necesidad de redención.

El primer año que Leandro estuvo en París me envió correos electrónicos constantemente. Me contaba de sus lances y fiestas. Me invitó a visitarlo un par de veces. La segunda ocasión fue después de su primera expo en París. Me platicó sobre Mimí y que vendió todos sus cuadros.

También, me mandó la reservación de un vuelo ida y regreso. Nunca respondí a sus correos ni invitaciones. Él dejó de escribir. Quizá dos o tres años después de la última comunicación con Leandro leí algo de él en ArtNews. Le escribí más por curiosidad que por saber cómo estaba. Le dije que había leído una reseña sobre su trabajo. Malísima, por cierto, le comenté. Pensé que Leandro no respondería, pero al día siguiente tenía un correo amistoso. *Ven, de lo que te has perdido*. Me invitó una vez más a visitarlo, ahora en Ginebra. *La biblioteca es enorme, te va a gustar*, escribió, y añadió una foto de la tumba de Borges. No soporté su éxito ni su benevolencia. Otra vez, tenía todo lo que yo hubiera querido y más, mucho más, y seguramente lo desperdiciaría, como antes. No le respondí y no volvimos a tener comunicación hasta su regreso a Oaxaca.

En algún momento, Mimí se levantó y caminó hacia el segundo piso. Yo me quedé sentado en el sillón unos minutos. Me levanté y marqué al celular de mi jefe de redacción.

—Leandro Helguera acaba de morir. Murió frente a mí. Puedo escribir una buena crónica, dame unos días más.

La respuesta fue un gruñido. Colgó. Eso significaba "sí", en el iracundo y primitivo lenguaje periodístico. Me recosté. Debía dormir. Me deslizaba en un estado de afilado y químico desasosiego por el bajón de la coca.

Mimí me despertó moviéndome la cabeza. Estaba recién bañada. Sus ojos, destruidos por el llanto, el cabello largo y revuelto, anaranjado, con olor a jazmín. Usaba jeans ajustados y una blusa negra holgada amarrada a la cintura. Chica Boticcelli pop. Me incorporé hasta sentarme y ella se sentó a mi derecha.

—Leandro te quería mucho, Joaquín. Cuando nos conocimos hablaba de sus viajes a la playa, de sus aventuras. Hace unas semanas me dijo que deseaba que trabajaras con él. Te tenía confianza. Ahora Leandro está muerto...

Mimí se llevó las manos hacia la cabeza. No lloraba. Miraba fijamente el suelo de mármol gris. Su silencio hacía más profunda mi incomodidad. Necesitaba decir algo que aliviara el dolor de ambos, romper esa inercia lacerante.

—¿Cómo conociste a Leandro? —Mimí sonrió.

—Lo primero que le vi fue el culo. Una amiga y yo estábamos en un café de Champ Elysee cuando Leandro se paró de espaldas a una puerta de cristal, frente a mí, desnudo —Mimí rió y dijo algo en francés que reafirmó en español, asintiendo con la cabeza—. Leandro tenía buen culo. Después me explicó que no había pagado la regadera y los chicos que cuidaban los baños públicos no lo dejaban salir y escapó con la ropa en los brazos. Lo persiguieron pero no lo atraparon. Me reí mucho esa tarde.

Mimí había recobrado algo de su ser histriónico. Decía palabras en francés y en español, y discutía con los perseguidores imaginarios, manoteando.

—El problema fue que el mesero empujó a Leandro mientras intentaba ponerse los pantalones, y lo tiró. Mientras yo reclamaba al mesero Leandro se paró, ya vestido, y me dijo que no me preocupara. Me entregó una servilleta en forma de flor, con algo escrito, y me dio un beso rápido. Volteó hacia el mesero, lo golpeó en la cara y se fue caminando. La servilleta decía: "Ya te enseñé el culo, ahora enséñame el tuyo". Me gustó que fuera atrevido. Mi amiga se quedó con el mesero, le dije que pagara y yo me fui con Leandro —Mimí guiñó.

Por las amistades de su familia, Mimí consiguió que una galería expusiera la obra de Leandro en París. Después se mudaron a Ginebra, donde ella vivía.

—Un año después, en Ginebra, me dio esto —Mimí me enseñó un pequeño lingote de oro con un número de varias cifras que colgaba de su cuello.

¿Qué hora es? Me topé con el celular, casi las ocho, y recordé que la grabadora aún estaba prendida. Lo saqué de la bolsa de la camisa y comprobé que seguía registrando. Eran casi seis horas de audio. Podría saber por qué se peleaban Leandro y Stephan en la galería. Le alcancé el pañuelo a Mimí y le pregunté si quería algo de comer, dijo que sí pero que no había nada útil en el refri.

En efecto, fui a ver y nada. Aproveché para meterme una raya. Le propuse ir a casa, con Anca. Ahí yo podría cocinar algo y esperaríamos a Stephan.

Cuando llegué al departamento, otra sorpresa. Anca me recibió descalza y sonriendo. Sólo usaba una camisa de mezclilla de manga larga, arremangada, con el cabello envuelto en un paliacate rojo. Había barrido y trapeado. Olía a lavanda. Limpió la mesa del comedor, recogió la ropa tirada, lavó los platos y hasta el baño. No supe qué decir. Pensé que seguía drogada, pero no, sólo le molestaba el desorden. Me lo dijo sin que sonara a regaño, con una ternura para mí desconocida. Había desayunado y comido en la casa, lo justo era contribuir un poco, me explicó. Presenté a Anca y a Mimí como un autómata. Estaba asombrado, conmovido y un poco incómodo en mi propio territorio. Se saludaron como amigas de mucho tiempo. Volteé a verlas y, como si fuera predecible para Mimí, dijo:

—Nos conocimos ayer, ¿recuerdas?

Maldita mente alterada. Maldita coca.

Mimí le contó a Anca que Leandro había muerto esa mañana. No sé qué dijo Anca en francés, pero llevó a Mimí al sillón y fue a la cocina a hervir agua. Parecía que el ritual internacional para reconfortar a alguien pasaba por ofrecer una bebida caliente. Las dos se sentaron a tomar té, platicar y llorar. Yo estaba excluido de ese ritual femenino, sentimental y cosmopolita. Tenía algunos minutos de haberme sentado cuando llamó Stephan. Me preguntó cómo estaba Mimí y dijo que la policía había encontrado algo raro en la mesa de la oficina de Leandro. No sabían si era una droga que usaba o *algo más*. No supe cómo interpretar ese *algo más*, pero seguramente no era nada bueno. Un eufemismo nunca oculta algo bueno. Le dije que fuera a mi casa, que Anca estaba consolando a Mimí.

—Mmm, no sabía que iba en serio —se burló. El francesito estaba aprendiendo a ser sarcástico. Colgué.

Stephan llegó a casa cuando cenábamos. Se veía como banquero después de fingir durante horas ante un auditor fiscal. Su cuerpo olía mal y los interrogatorios, trámites, papeleo, tiempos de espera y pésames hipócritas se notaban en su andar jorobado y el ceño fruncido. Pero su aliento, su aliento era una cloaca de malas noticias.

Stephan desplomó su metro noventa de servilismo y negocios raros en una frágil silla de madera, tomó una taza de té que le ofreció Anca y contó que la muerte de Leandro había sido por una sobredosis de cocaína, alcohol, MDMA y algo que habían encontrado en su sangre. Aún con la *ayuda* del gobernador, sobornó a agentes y un ministerio público para que el acta de defunción registrara como causa un paro cardiaco fulminante. También, pagó a algunos periodistas de nota roja para que no publicaran. Había hablado con los coleccionistas y había pedido que le dieran unos días para enviar las obras compradas antes y durante la exposición. Mimí lloró nuevamente. Anca la llevó a la recámara y preparó otro té.

Stephan y yo nos quedamos en la mesa de la cocina. Sentado parecía más encorvado y más alto, el macho cabrío del *Aquelarre* se doblaba sobre sí para aislarse del mundo y reflexionar. Stephan parecía asustado. ¿Cuánto dinero estaba en juego? ¿Qué más le dijo la policía? Stephan era cínico, calculador y vicioso. No le importaba liarse a golpes con quien fuera. Según Mimí, descendía de una familia influyente de Francia, y antes de que ella y Leandro lo conocieran había estado involucrado en conflictos armados en los Balcanes.

—No sé si Mimí va a soportar esto. Tenemos que regresar a Ginebra.

—En lo que pueda ayudar, cuenta conmigo.

Stephan volteó a verme rápidamente, con los ojos bien abiertos, como si se hubiera percatado de algo que estaba más allá de mi entendimiento. Maldito Stephan, nunca dejaba de ser un oportunista.

—Hay algo muy raro en la muerte de Leandro. No ha sido una sobredosis. Él y yo nos metíamos lo mismo.

El cabrío negro, recogido, hablaba para sí, reflexionando en el acto, como si yo no estuviera y al mismo tiempo volteando a verme intermitentemente.

—No entiendo. Es mejor que descanses.

—Es mejor que nos ayudes, Joaquín.

En eso estábamos cuando nos dimos cuenta que Mimí y Anca habían escuchado la conversación.

—Yo tampoco creo que Leandro se haya muerto de una sobredosis. Leandro aguantaba mucho. Por favor, Joaquín, ayúdame —dijo Mimí.

—Quizá aguantó tanto hasta que ya no aguantó.

Nos quedamos callados.

—*You must help your friends, Joaquin* —dijo Anca con su inglés rasposo y condenatorio, apuntando sus Yves Klein hacia mí.

Había dos problemas. Uno: si encontraba al culpable, ¿qué? No soy un justiciero y estoy lejos de ser un policía. Dos: si quien sea ya había matado a uno, por qué no matar a dos. Yo no quería ser ese dos. En realidad, no eran dos problemas, era uno: miedo.

—Bueno, lo mejor sería que contrataran a algún detective privado, a algún ex-policía o algo así.

—No conviene que gente extraña indague en la vida de Leandro y en mis negocios —el oportunista en acción.

—Por favor, Joaquín. Que los periodistas no sepan lo de las drogas —¡Maldita chica Botticelli!

Silencio. Anca clavándome sus Yves Klein. Stephan repitiendo: tienes que ayudarnos. La yugular oprimiendo mi garganta. Aghh. Acepté.

Mimí decidió quedarse al cuidado de Anca. No

quería dormir sola en su casa enorme. Acompañé a Stephan a la puerta del departamento.

—Espera, Joaquín, hay algo que no dije frente a Mimí. Casi desde que llegamos a Oaxaca Leandro tenía una amante: Alicia —Conocía a Alicia. Había sido novia de Leandro en nuestra juventud.

—Ella lo ha buscado desde hace un mes, más o menos. Pidió dinero para no revelarle a Mimí lo suyo. A Leandro no le importó, ya sabes cómo era, y las amenazas de Alicia subieron de tono.

¿A qué tono se refería Stephan? ¿Realmente Mimí no sabía del tema? ¿Alicia sería capaz de chantajear a Leandro?

—Necesito algo de dinero para moverme.

—Ve mañana al taller. Y me debes una bolsa de coca.

—Mejor que sean dos, descuéntala del adelanto de mañana.

Volví al departamento.

Mimí dormía en el cuarto de visitas y Anca me esperaba en la cama con el cabello enredado y los Yves Klein marinos. Nos sumergimos en un largo murmullo colorido como los cuadros de Klee.

La luz del alumbrado público se filtraba por las cortinas de tul, azules, inventando plantas de luz que acariciaban nuestras espaldas en el mar de sábanas desgastadas, donde jugamos a convertirnos en peces mágicos, a cantar como los pájaros que habitan esa selva de colores, a medir nuestros cuerpos con bocas amarillas y corazones morados. ¡Cuánta alegría en los colores de Klee!

4

Alicia

Al día siguiente desperté con hambre y dolor de cabeza. Las voces de Anca y Mimí se escuchaban desde la cocina. Sobre la mesa del comedor estaba el periódico que dejaban diario como parte de mis prestaciones: "Atacan cuartel militar en la zona Triqui: IT es responsable" Pensé que la Insurgencia Triqui ya no existía. "Piden liberación de su líder, Rigoberto Retana". También había una charola con rebanadas de jamón, queso manchego y pan integral, habían sacado miel y mermelada de la alacena. Un sandwich famélico y mutilado. Malditas diferencias culturales. Yo quería unas entomatadas con tasajo. Me dieron los buenos días a lo que respondí con un gruñido. Anca se acercó y me dijo que no tenía ropa. Debía ir por su maleta al hotel donde se estaba quedando. Ella llevaría a Mimí a su casa, ¡en mi auto! ¡¿Qué onda?!

—¿Mimí, por qué no llamas a Stephan para que venga por ti?

—Ya lo hice, pero aún está con los asuntos policiales. Terminará por la tarde. Yo quiero cambiarme de ropa y revisar los trámites para incinerar a Leandro.

Solo pude responder un gruñido largo que en el iracundo y primitivo lenguaje periodístico significaba "de acuerdo". Anca se llevó el carro y prometió volver en una hora.

—Máximo tres —gritó desde el jetta mientras se iban. ¡Malditos Yves Klein!

Hice de desayunar un par de huevos que estaban lejos de ser unas entomatadas con tasajo, y me bañé rápido. El agua diluyó el mal humor y mientras me echaba champú pensé en visitar a Alicia. La muerte de Leandro aún no era pública. Me interesaba darle la noticia y ver su reacción. Jeans, camisa de lino, gafas. En la bolsa de coca quedaban residuos, la volteé y chupé como una fruta, luego la escupí con desprecio, ya alterado.

Aún tenía contacto con Alicia. Oaxaca es pequeño e infernal, pero el mundillo del arte lo es aún más. Alicia era una ceramista emergente con un trabajo abstracto interesante pero nada vendible, así que también actuaba y modelaba. Cuando era novia de Leandro quería ser actriz de teatro, era buena, pero tampoco el teatro era rentable. Alicia vivía en las orillas del centro histórico, por la iglesia del Ex Marquesado. Podía ir caminando, después regresaría para esperar a Anca e ir con Stephan por el adelanto y la bolsa de magia.

Al llegar a casa de Alicia hice sonar la vieja y pesada aldaba de hierro forjado. La cabeza de un murciélago aterrador. Sus ojos abiertos y sus largas orejas puntiagudas parecían cuatro torres góticas alargándose hacia el cielo. Era un macabro ente ultraterreno advirtiéndome que fuera bueno con aquella mujer. Alicia abrió la puerta y me descubrió con los ojos clavados en la mirada del animal.

—¿Joaquín, estás bien? —aproveché su ánimo.

—No, no estoy bien. Quiero contarte algo.

Noté que Alicia no sabía sobre la muerte de Leandro. Parecía levemente asombrada por la extraordinaria visita de un viejo amigo, nada más. Sin embargo, era una buena actriz y una buena actriz nunca deja de actuar, menos en la vida real..., me estaba volviendo paranoico, maldita coca.

Alicia vivía en la casona de su bisabuela, una bruja de Tlaxiaco, con su madre y la madre de su madre. Su bisabuela ya había muerto. La casona era de adobe, con muros cubiertos por fuera y por dentro con cemento pigmentado de rojo óxido. En el interior se había caído el repillado en varias paredes y el adobe expuesto parecía las vísceras de un cadáver en autopsia. El techo era de tejas, el refugio de lagartijas, alacranes y otras alimañas, sostenido por vigas de madera que tenían pintado el año del techado: 1857. La casa estaba casi en ruinas pero el jardín era hermoso y salvaje, como Alicia. Había un pochote en el centro y alrededor de él milpas, un árbol de floripondio, un huerto y plantas que curaban algo. También había una techumbre de láminas de zinc, sin paredes, y debajo de él grandes bloques de barro: era el taller de Alicia. Me condujo a la sala y me ofreció un vaso con agua de naranja. Di varios tragos para quitarme la amarga sequedad de la cocaína.

—Alicia, estoy preocupado, por eso vine a hablar contigo.

Dramaticé para ver si se alteraba. Se mostró imperturbable, protegida por la bestia oscura de su casa, envuelta un rebozo rojo, sosteniendo una taza de té entre sus manos. Dentro de la bestia de adobe corría un viento fresco y agradable pero que con cada latido de mi corazón se iba haciendo más frío, casi paralizante. Afuera, el sol caía cenital.

—Ayer murió Leandro.

Me llevé las manos a la boca y soplé un vaho podrido que me dio miedo y asco. No presté atención a las reacciones de Alicia como hubiera querido.

—¿Por qué buscabas a Leandro? Stephan me enseñó los mensajes —mentí.

Me sentí tonto, cruel, cuestionando a Alicia por algo que suponía. Pero necesitaba escucharlo de su voz y saber su estado sentimental ante Leandro.

—¿No te imaginas por qué?

Callé. Merecía morir de hipotermia dentro de esa casa oscura, y el frío empezaba a filtrarse en mí.

—Cuando Leandro llegó a Oaxaca me buscó pero yo no quería verlo. Aún me duele lo que me hicieron, Joaquín.

Alicia me miró y me sentí culpable otra vez, manipulado por Leandro aunque estuviera muerto. ¿Por qué había aceptado ayudarlo cuando éramos jóvenes? ¿Por qué acepté esta ocasión? Seguía unido a él como por una mala broma de alguien que no imaginaba. Sentía las orejas frías, las manos frías...

Alicia desvió la mirada hacia el piso de su casa secular.

—Sólo nos vimos tres veces.

Sentí el frío ocupando mi cuerpo como una oscuridad enferma.

—Estoy embarazada de Leandro.

Trataba con todas mis fuerzas de mantenerme calmado.

—Cuando le dije reaccionó muy mal. Me insultó. Pensó que lo estaba chantajeando. Para él, todos a su alrededor querían aprovecharse. Me dijo que no obtendría nada, que yo sabía que su relación con Mimí era complicada. Yo no le pedí nada, nunca.

Necesitaba calmarme. Respiré profundo.

—Después de esa discusión pasé tres o cuatro semanas escribiendo mensajes a Leandro pero sólo me contactó Stephan. Quería que abortara.

La última frase cayó sobre mí, implacable. Sentí la piel mojada de repente. Cerré los ojos y empecé a frotarme los brazos para calmar el frío.

—Leandro era un cobarde. Ni siquiera pudo proponerlo él. La vez pasada te envió a ti y ahora a Stephan. Yo sólo quería hablar con él.

Desde joven, Leandro había sido egoísta y vanidoso, pero cuando regresó de Europa esos rasgos se acentuaron y se sumó la paranoia. Cuando ella tenía diecisiete y él veinte, Alicia y Leandro terminaron su relación por la misma causa. Yo fui el mensajero. La diferencia fue que Alicia había confiado en mí y había abortado.

—Su muerte no me alegra, pero quizá era lo mejor.

Sentía el frío penetrar por los poros de mi piel como una oscuridad helada y enferma que me trastornaba. Volteé a ver a Alicia. ¿Habrá sido ella?

—Leandro estaba mal, Joaquín. Una madrugada tocaron la puerta. Cuando abrí, Stephan tenía la cara lastimada y Leandro no podía mantenerse en pie. Quise llevarlos al hospital, pero me dijeron que no. Se bañaron y curé sus heridas. Les pregunté qué había pasado, pero nadie habló. Regresé a dormir y cuando amaneció fui a verlos. Ya no estaban. Al recoger vi ese encendedor —dijo y señaló una credenza a su derecha.

Del rostro de Alicia resbalaron lágrimas. Se vació poco a poco sin caer un momento en el sentimentalismo. Un llanto llano y solemne. Me paré tratando de sobreponerme al frío y tomé el encendedor. Tenía un as de picas en uno de los lados.

El frío se impregnaba en mi piel. Froté mis manos para sentir un poco de calor.

—Stephan y Mimí son iguales. Leandro se sentía como un juguete. Lo usaban para hacer dinero.

El llanto cesó, Alicia se acomodó una hebra de cabello negro que se había soltado del peinado y volteó a verme fijamente, casi con alevosía.

—Los más beneficiados con su muerte son Mimí y Stephan.

—¿Por qué lo dices? —soplé en mis puños.

—Porque los deja con la ganancia de los cuadros que se quedaron en Ginebra y con los que Leandro pintó en Oaxaca.

Stephan me parecía detestable y ya había mencionado aquello de regresar a Ginebra. Pero no pensaba lo mismo de Mimí. Ella estaba afectada por la muerte de Leandro.

—La relación con Mimí ya era mala antes de llegar a Oaxaca y aquí empeoró. Leandro y Stephan tomaban y se drogaban mucho. Andaban con gente mala... Mira, Joaquín, Leandro estaba a punto de separarse de Mimí y de Stephan, aunque suene raro. Quería divorciarse, pero tenían un acuerdo prenupcial muy ventajoso para ella.

El frío me pasmó. Sentía esa oscuridad helada reptar hacia mi cerebro, entorpeciendo cualquier análisis. Alicia planteaba un panorama muy diferente al que yo veía.

Salí de la casa de adobe hacia el jardín, aterido, sostenido del brazo por Alicia. Ella hablaba mientras yo volvía a sentir mi cuerpo poco a poco, a ver las flores, a oler la milpa, a recordar. Cuando éramos jóvenes, Leandro y yo pasábamos por Alicia a su casa. Una vez, su bisabuela bajó para examinar con quién se iría su bisnieta, para saber quién de los dos era el novio, para vernos a través de los ojos.

—Tú te vas a ir, pero te quedas —le dijo a Leandro—, tú te quedas, pero nunca vas a estar aquí —me sentenció.

En casa de Alicia comimos por primera vez hongos alucinógenos. Una ocasión que su bisabuela, su abuela y su mamá habían ido a Tlaxiaco a ver a un enfermo. Tres derrumbes para cada quien, una familia de nueve hermanitos. Creíamos levitar sobre la hierba verde fluorescente en la que nos echamos riendo, con las pupilas dilatadas, con la piel vibrando, con la mente disfrutando los colores.

—Saben a nieve de nube —dijo Alicia lamiendo los pétalos rojos. Leandro y yo fuimos tras ella, la flor más colorida. Y la olimos, besamos, lamimos la superficie aterciopelada de su piel. Fluimos hasta confundirnos de cuerpos, hasta que los colores crearon uno solo que nunca habían visto nuestros ojos primitivos. Nosotros éramos aquel color inefable... Tenía que salir de esa casa cuanto antes.

5

Maybe sHe PLAys tHe fOOL

Salí de la casa de Alicia alterado por el frío, las noticias y los recuerdos. No me pareció que ella hubiera matado a Leandro. Su reacción fue sobria. Tenía motivos pero no creo que fuera su intención, aunque también se mata sin intención.

Caminé sobre la cantera verde hacia mi casa. La mente de un cocainómano es un asunto de velocidad, imprevisible. Un auto siempre a punto de chocar. Sentía el calor en mi cuerpo y pensaba si Stephan y Mimí serían los más beneficiados con la muerte de Leandro. Si era así, ¿por qué esclarecer su muerte? Al regresar a casa, me recibió un aroma delicioso. ¡Comida! Me acerqué a la cocina y Anca me dijo que estaba terminando de hacer:

—*Beans with bacon and smoked ham* —para mí, eran frijoles charros. Mejor que los sándwiches desmembrados del desayuno. Tomé como botana un poco de jamón que Anca había picado y me dio un manazo cariñoso.

—*How is your new girlfriend?* —dije sarcástico.

—*Hmm, I don't know. Maybe she plays the fool.*

Anca era lacónica. Escrutaba más allá de la mirada

de las personas. Eso me atraía e incomodaba al mismo tiempo. Sin embargo, era cierto, a veces yo tampoco sabía si Mimí era un poco distraída, digamos. Anca se acercó a la mesa con dos platos hondos y se sentó frente a mí. Ella platicaba, yo solo quería comer.

—*We went to take a coffee and then I took her home. Yesterday she was really bad but... Did you know Leandro well?*

—*Why do you ask that?*

—*It seems he changed a lot in Europe.*

—*Why?* —los falsos frijoles charros estaban deliciosos.

—*Mimi knew Leandro in Paris and he was something like a clochard, Mimí said. And then, when they move to Geneva, Leandro changed his ways.*

—*People change with money.*

—*Not all of them.*

—*Not everybody makes that amount of money.*

—*Um...*

—¡Toda la gente! *¡All of them!*

Interrumpí a Anca. Me estaba cansando de su tono.

—*I met Leandro when we were children and we kept being friends 'til he won a scholarship to study in Paris.*

—*And then?*

—*Then what?*

—*Did you visit Leandro in Europe?*

—*Nop.*

—*Why!?* —, parecía que Anca no comprendía por qué me había alejado más que de un amigo, del pintor millonario.

—*'Cause we writers are poor and I prefer to spend money on books.*

—*You are not poor.*

—*What!?*

—*I mean, this house...*

—*It was from my mother.*

¿Qué sucedía con Anca? ¿Por qué tantas preguntas? ¿Dudaba de mí?

—*What else Mimi said to you?*

—*Some weird things. Did you know that Leandro and Stephan argued more and more before arriving to Oaxaca?, and that they had a serious problem with an American guy? I think Leandro wanted to get away from Mimi and Stephan.*

Tal vez Alicia tenía razón, después de todo.

Mi celular sonó. Era del periódico.

—¿Joaquín Lozano?

—Sí, dígame.

—Le hablo de parte del señor...

—Pásame a ese pendejo. Escúchame bien, Joaquín. Todos los periódicos, y quiero decir, hasta el Mercurio de Oaxaca, han publicado crónicas sobre la exposición de tu amigo muerto. ¡Necesito la crónica hoy! —Colgó. Así eran las pláticas con mi jefe de redacción.

Saqué mi celular. Tenía grabadas algunas palabras de Leandro antes de su muerte, quizá las últimas. Al revisar el teléfono también encontré la grabación de la discusión entre Leandro, Mimí y Stephan. Miré a Anca.

—*I think we could know a little more about Mimi* —dije y empecé a reproducir la grabación mientras Anca traducía.

"—¡Eres un estúpido, Stephan! Tú y los ambiciosos amigos del museo. Los coleccionistas no..."

No cabía duda, ese trío escondía algo. Mimí hablaba de compromisos que debían cumplir y del enojo de coleccionistas. ¿Por qué Mimí y Stephan tendrían problemas en vender algo de Leandro? Incluso, los coleccionistas se beneficiarían con el alza de los precios después de su muerte. Nada tenía lógica.

—*I must see Stephan. He owes me something.*

6

El Chato

¿En qué estaba metido Leandro? ¿Qué escondían Mimí y Stephan? Y, ¿si ellos lo habían matado? Casi instintivamente manejé hacia El Chato. Necesitaba una cerveza.

Antes, el baño de hombres no tenía puerta. Era un urinal de cemento que apestaba a miados aquella cantina, ahora, era famosa porque Francisco Toledo iba con artistas jóvenes a tomar cervezas. Al menos las micheladas seguían como antes. Tampoco había cambiado la reunión de los habitués, después de la comida. Era el único momento en que El Chato recuperaba su ritmo y clientela de antaño.

—¿Cómo le va, joven? Desde la semana pasada no venía por aquí.

El hijo de El Chato, un coctel de información y falta de tacto con unas gotas de atención al cliente.

—Se ve desmejorado, pálido. ¿Ha dormido bien?, échese un curadito.

—No, gracias.

—Ya sabe: para todo mal, mezcal.

Los bancos de la barra en El Chato son altos, al sentarme, los jeans apretaron mis piernas. Saqué de mis bolsas el celular, las llaves, el encendedor y me senté.

—No. Gracias.

—No se enoje, Poeta —hijo-de-su-chingadamadre. Eso sí dolió. Solía ir a ese bar desde joven y ya borracho me paraba a recitar poemas, todos se reían de mí—. ¿Qué le voy a servir?

—Prepárame una michelada con Victoria.

Ahí estaban los clientes frecuentes, junto al baño.

—Está triste por su amigo el pintor, ¿no? —este tipo era un hocicón.

—No lo he visto —la michelada estaba fría, como la necesitaba.

—Ay, joven. En El Mercurio salieron fotos de usted abrazando a la viudita. ¿Qué llevadito, eh? ¿Qué dijera el muertito si lo viera?

—¿Qué fotos?

Me acercó el periódico donde había una nota sobre la muerte de Leandro. No estaba firmada y decía que había muerto "por líos de faldas". ¿Líos de faldas? Escriben como en el siglo diecinueve.

—Mejor, fíjate de tus clientes del fondo. Te están llamando.

La nota tampoco tenía fuente. No sabían de qué había muerto Leandro, pero asumían que había sido por problemas de pareja. Para reforzar el argumento rústico en la foto aparecíamos Mimí y yo abrazados. El borde superior de la foto tenía un filo negro como si la hubieran tomado con un telefoto desde algún sitio oculto.

El cantinero regresó.

—Los caballeros lo llaman a usted, mi Poeta. Lo invitan a tomar una cerveza. Quieren que les cuente de su amigo…, y de la viudita. Por cierto, qué bonito encendedor, ¿a poco ya le hace usted a esas cosas?

—No tengo nada qué contarles. El encendedor me lo encontré tirado —le dije al Chatito en voz baja mientras alzaba mi michelada, brindando a la distancia.

—No se ponga nervioso, mi Poeta. Ya sabe que somos amigos. ¿Conoce usted a don Lupe? —dijo mientras yo sostenía mi tarro en el aire—. Es el gordo que no tiene cuello, el que parece pan de muerto, así le decimos.

Lo ubiqué. Era una cabeza clavada en una panza forrada con una polo marrón. En efecto, parecía pan de muerto.

—No tengo el gusto.

—Fíjese que don Lupe es carpintero, de los buenos. Enmarca las obras en el museo y también hizo las puertas de la casa de su amigo el pintor. Dice que la viudita y el güero alto se daban cariño.

—No lo creo.

—Pues yo sí, mi Poeta. Don Lupe trabaja con los riquillos y siempre trae buenos chismes. Y vaya que usted es suertudo, mi Poeta. ¿Ya vio al chavo junto a don Lupe, el que le está haciendo ojitos?

—Sí.

—Es Yadira, nomás que está vestida de civil. En las noches *baila* en un La Central —el Chatito pronunció "baila" de una manera burlona—. Ella conoce al pintor y al güero, y le puede decir más del encendedor que se encontró tirado. Usted dice si los acompaña, mi Poeta.

El Pan de Muerto y Yadira estaban acompañados de un viejo y un joven que bebían mezcal en vasos jaiboleros y ocultaban su mirada bajo sombreros de fieltro, aunque hacía calor vestían jorongos de lana, como si hubieran bajado de las montañas que rodean Oaxaca. Caminé hacia ellos.

—Gracias por honrarnos con tu compañía, bardo. Toma asiento —el Pan de Muerto era borracho y elocuente, pero sobre todo burlón. El sarcasmo oaxaqueño: mofa disfrazada de cordialidad.

Me acercó una silla entre él y Yadira, frente a los otros dos.

—Hola, soy Joaquín —dije saludando de mano al viejo.

Ni él ni el joven me miraron.

—Dispénsalos, bardo, no hablan español. Bajan de la zona Triqui a vender mezcal, cada quince días. Mi nombre es Guadalupe, pero me conocen como don Lupe o El Ebanista —prefería Pan de Muerto—. Ella es mi amiga, Yadira.

—Hola, papi, qué pena contigo, estoy desarreglada. Soy Yadira —dijo extendiendo su brazo grácil, esperando que le besara el dorso de la mano. Lo hice.

El Pan de Muerto y Yadira rieron escandalosamente. El joven y el viejo voltearon a verme y su boca se torció en una risa irónica. Me pareció que entendían bien el español.

—Es un caballero, Yadi, guarda la compostura.

—No creo, Lupe. Seguro es como sus amigos. ¿Verdad que eres un machito, papi? ¿También a ti te gustan las nenas como yo?

—Es nuestro invitado, Yadi, compórtate. Usted disculpe, mi amiga es un poco bromista...

—Y muy atractiva, papi. Me encantaría que me vieras *bailar* y...

—Invítame —dije, tratando de zafarme de las burlas. Mala idea. Yadira carcajeó burlonamente.

—¡Ves, Lupe, te lo dije!

—Discúlpala, bardo, no es una mala persona, solo es una loca —dijo el Pan de Muerto—. Yadira y yo platicábamos sobre su amigo el pintor. Mi más sentido pésame.

—Yo también lo siento mucho, papi.

—Qué desafortunada muerte, ¿no cree? —dijo el Pan de Muerto insidiosamente.

—Sí, don Lupe, todos vamos hacia allá —trataba de poner fin.

—Lupe, para usted nada más Lupe, estimado Poeta. Cierto, vamos hacia la muerte, pero tener todo y desperdiciarlo de esa manera...

—¿A qué se refiere?

Yadira casi escupe el trago de Corona que acababa de beber.

—Ay, papi. Nosotros no somos tontas, espero que tú tampoco.

Miré a Yadira y alcé la ceja izquierda, cuestionando.

—Tu amigo tenía mucho dinero, una esposa guapa, carros de lujo... Pero había algo raro, papi. Ese pintor, su esposa y el güero escondían algo. Tú eres amigo de ellos. Cuéntanos...

—Los conocía, pero no sé nada...

—Nada más que la viudita está bien buena, ¿no, Poeta? —el Pan de Muerto me vio hacia abajo—. En el periódico no te ves triste, nada más que abrazas a la pelirroja.

—Son mentiras de los periódicos.

—Tu también eres periodista, papi. ¿Nos estás mintiendo?

—Yo hice las puertas de la casa de su amigo. Estuve trabajando ahí varias semanas y le puedo decir, Poeta, que el tal Leandro y el güero compartían más que el dinero.

—La señora era muy liberal, papi. Le gustaba de todo —Yadira enfatizó—, de-to-do.

¿Qué vida llevaba ese trío?

—A Leandro lo mataron —revelé.

El viejo y el joven voltearon a verse entre ellos mientras Yadira alardeaba:

—¡Se-los-di-je! Me debes mil pesos, Lupe. ¿Qué te invito de tomar, papi? A ver, chatito, otra para el Poeta.

—No, gracias, así está bien.

—Pero..., un amigo policía me dijo que fue un paro cardiaco —replicó el Pan de Muerto.

Yadira volteó hacia Lupe y le dijo juguetona e histriónica:

—¡Maldito!, sabías cómo se había muerto y te querías aprovechar de esta nena —al decir "nena", Yadira puso su mano derecha sobre la frente y fingió llorar.

—Pagaron para que asentaran eso en el acta de defunción.

—Entonces, ¿cómo murió, papi?

—Es un misterio.

—Esto se está poniendo bueno —dijo Yadira sacando un cigarro.

Le ofrecí fuego.

—No que no, papi.

—¿Qué?

—Tu encendedor es del club donde *bailo* —Yadira gimió un par de veces de manera sexual, el Pan de Muerto y los otros dos rieron. Me quedó claro que "bailo" era un eufemismo para prostitución y que los otros dos entendían bien español.

—¿Ahí conociste a los amigos del Poeta, Yadi?

—Sí, Lupe. Papi, tus amigos eran clientes frecuentes y...

—¡Llévame!

—Uy, papi, qué atrevido. Pero no cualquiera entra a ese lugar.

—Te hice ganar dinero, ¿no?

—Uy, papi, tienes iniciativa y tienes razón. Te lo mereces. Me hiciste ganar lo de un servicio. Por cierto, Lupe, paga paga paga.

El Pan de Muerto sacó dos billetes de quinientos pesos para saldar su deuda.

—Pasa por mí a las once en el Cokis, papi. Lleva dinero porque nos vamos a alocar, eh. No te vayas a arrepentir.

—Yo no me arrepiento.

—Uy, papi, eres todo un machito.

Terminé de tomar la michelada y salí.

—¡Apúntamela a la cuenta, Chatito!

—¡Qué llevado, jefe!

7

Alta velocidad

Las cosas sucedían a mi alrededor sin que yo me percatara. Tenía que ser más suspicaz. Conduje por la carretera federal 190 a más ciento veinte kilómetros por hora, hacia el taller de Leandro. El paisaje eran colores deslavados que sobrevenían sin sentido. Todo se movía menos yo…, o quizá iba tan rápido que no lo sentía. Imaginé chocando contra un muro negro, en cámara lenta. Yo al mismo tiempo conduciendo y observando el choque, destrozándome los huesos, estallando contra el parabrisas: una cascada roja de arte contemporáneo.

Al llegar al taller de Leandro, el BMW azul de Stephan estaba en la entrada, pero también el Mercedes de Mimí. Estacioné junto a él y bajé. Había varias zonas acordonadas con cinta canela. El taller, la galería y la oficina estaban revueltos, había litografías y libros tirados en el suelo, cajones abiertos, algunos óleos sobre la pared y otros volteados hacia abajo, maltratándose.

Encontré a Mimí palmeando la espalda de Stephan.

—Todo ya es un desorden y Leandro apenas murió —no me refería solo al taller.

—Me voy. Tengo pendientes —dijo Mimí sin voltear a verme, dejando una estela con aroma a jazmín.

—No estoy de humor, Joaquín.

Stephan volteaba de un lado hacia otro, buscando algo en el revoltijo de papeles y lienzos. Empezaba a cambiar su color. Ahora era verde pálido como los dólares, luego tornó casi transparente como si quisiera desaparecer con el dinero que se le estaba yendo de las manos.

—Hace menos de una hora los forenses me avisaron que ese *algo más* en la sangre de Leandro era veneno, pero no pueden saber quién, con qué, cómo ni cuándo lo envenenaron. Pudo haber sido días o minutos antes de su muerte.

Stephan caminó hacia el escritorio de la oficina, abrió un hondo cajón que era una caja fuerte, sacó dos grandes fajos de billetes de quinientos y los tiró hacia mí.

—Tienes averiguar quién mató a Leandro antes de que pase algo más.

Me interesaba saber quién, pero me intrigaba más por qué.

—¿Y la coca?

—No te la acabes tan rápido. Y te pido que me des un reporte en dos días —Stephan aventó sobre el escritorio una bolsa plateada sellada térmicamente—. Son más de dos gramos. Maldita cabra negra, no tenía ni un minuto en haberme pagado y ya me trataba con displicencia.

Al recoger la magia vi unos documentos en inglés. Un dictamen de obra con una tasación de treinta y ocho millones de euros. Pero no era por un cuadro de Leandro. El nombre del artista eran unas iniciales RRC y un número de cinco cifras 05247. Nada estaba bien. Stephan mentía, Mimí quizá también mentía. ¿En qué estaba metido Leandro? ¿En qué me estaban involucrando?

Al entrar al auto metí la llave en la bolsa de coca y la saqué. Aspiré profundo buscando..., nada. Sólo era el maldito hábito de pensar aceleradamente. Esto ni siquiera es pensar, pensé. Conduje hacia mi casa. De pronto, en el retrovisor, un auto guinda. Lo he visto antes. Me siguen... ¿Stephan? Me detuve a orilla de carretera. Era un taxi colectivo. Cientos de ellos recorrían la carretera cada día. Maldita coca. Debía estar alerta y pasar por Yadira.

8

El Cokis

Llegué al Cokis tarde y con cuatro rayas en la nariz. Ajusté el cuello de mi camisa blanca, el saco piqué azul y entré. Al pasar por las puertas cantineras el olor a orines, tabaco y mariguana me embistió. El antro era una caja de zapatos cualquiera, como la de Gabriel Orozco, y su atmósfera, el epítome de lo que un escritor con poca imaginación había nombrado Oaxacalandia: una redituable y artificial combinación de arte, mezcal, indigenismo, drogas, sexo y dinero.

Una veinteañera con huipil florido, rapada de los lados y con tatuajes en los brazos, un chico delgadísimo con cabello a media espalda, gafas y sombrero de fieltro negro, y un cincuentón canoso con camisa de lino de manga larga, ocupaban la única mesa del lugar. Caminé abriéndome paso entre chicas oaxaqueñas y gringas, varias de ellas de unos quince o dieciséis años, perreando con tatuadores aferrados, con curadores cincuentones y graffiteros mañosos. Entonces vi a Yadira tras la barra, junto a Cokis, el dueño, un muxe entrado en años y en carnes. La barra era el lugar de los activistas sociales por

Twitter, de *pintores experimentales*, guionistas que tenían la historia "*más loca*" sobre Oaxaca y otros tipos así: los "*mainstream*", un bloque que no pude atravesar.

—¡A ver, mis amores, háganse a un lado para que pase mi poeta! —dijo Yadira. Los *mainstream* rieron.

—Pensé que no ibas a venir, papi. ¿Qué te sirvo?

Yadira lucía maquillada y con el cabello arreglado, aunque no en exceso. Vestía pantalones de mezclilla y una blusa holgada amarrada como ombliguera.

—Una Victoria y un mezcal reposado —mi mente cocainómana necesitaba sosiego.

—¿Podemos platicar en algún lugar más tranquilo?

—No, papi. Ayudo a Cokis antes de bailar en el club, para ganar algunos pesitos. Te dije que llegaras más temprano para platicar, pero ya ves, no te importó y ahora está lleno de gente.

Yadira era una dramática, pero me caía bien. Tomé el mezcal de un trago y di un sorbo grande a la Victoria.

—Así no vas a aguantar toda la noche.

—Traigo magia —enseñé la bolsa.

—Uy, papi, cada vez me caes mejor —Yadira caminó hacia mí e hizo una seña a Cokis, pidiéndole un poco de tiempo—. Antes de irnos me compartes.

—Claro.

El mezcal estaba fuerte y por la coca, oscilaba de una euforia desmedida a una calma autómata.

—Pero dime qué onda con Leandro y...

—Ay, papi. ¿Qué quieres que diga? Tus amigos eran unos loquillos, como los que van al Central.

La música me impedía escuchar bien a Yadira. Me acerqué a ella lo más que pude con la barra entre nosotros.

—¿Leandro y Stephan?

—Y la pelirroja, papi, la mujer del pintor. Eran buenos clientes, pero no muy buenas personas. Espero que tú no seas como ellos.

—Conocí a Leandro desde niños pero después no tuvimos contacto —dije para explicar rápido y continuar—. ¿Por qué dices que no eran buenas personas?

—Tus amigos tenían mucho dinero, papi, y cuando estaban hasta la madre eran altaneros, pero una noche se pasaron. Les llevaron a Resplandor, un muxe, y a Demetrio, un chico de la costa —¿cómo era ese club?—. Hermosos los dos, papi, Deme era negro, alto y fuerte, daban ganas de lamer su abdomen, quitarle la tanga con la boca y..., y ella era delgadita y fina, se veía divina en un baby doll blanco. Les teníamos envidia. Cuando los presentaron, tu amigo el pintor se burló. *Pinches jodidos*, y le dijo a Tito, el manager, que si ellos eran lo más exótico del club, las putas del mercado estaban mejor. Pésimo comentario, papi.

Yadira me explicó que el club está en la Central de Abastos, el mercado más grande de Oaxaca, de ahí el nombre, Bodega Central, lo conocían como Central.

—Lo odiamos así, papi —Yadira chasqueó los dedos—. Pero tu amigo siguió burlándose. Los de seguridad llegaron y si Resplandor no lo hubiera calmado...

—¿Cómo calmaron a Leandro?

—Resplandor le acarició la cara, le habló bonito, ya sabes, los muxes embrujan a los hombres, y se lo llevó al cuarto rojo. Deme y el güero se quedaron con la diva, atendiéndola. Toda una estrella porno, papi. Ella estaba feliz así que pensamos que no habría problemas.

Era un estúpido. Tomé un largo trago de cerveza. ¿Por qué me metieron en esto? Sonaban cumbias electrónicas cuando sentí un beso en la boca. Volteé a ver a Yadira.

—Ay, ya. No seas tan serio, papi. Hay que disfrutar.

Tomé otro trago largo.

—Dijiste que pensaron que ya no habría problemas.

—Ay. Si hubiera sabido que eras tan aburrido no te invitaba.

—Por favor, es importante para mí.

—Ash, okey. La pelirroja, el güero y Deme habían terminado de hacer *cositas*, cuando Resplandor salió corriendo del cuarto rojo, con la boca llena de sangre y gritando que la quería matar. Tu amigo iba tras ella. Los guardias agarraron al pintor. El güero quiso ayudar pero Deme lo sostuvo. Todas aplaudimos, papi, hasta los clientes. Deme quería esperar a la policía, pero Tito y Resplandor insistieron en soltarlos. Tus amigos son influyentes.

—Y, ¿Resplandor?

—¿Sabes qué quería tu amigo? Que Resplandor le consiguiera una niña. ¡El hijo de la chingada quería cogerse a una niña! Si Resplandor lo hubiera dicho, ahí mismo le cortábamos el pito a ese pervertido. Las chicas se alegraron con su muerte, y les va a dar más gusto cuando les diga que alguien lo mató.

El ambiente dentro de esa hedionda caja de zapatos era cada vez más denso. Algunos del *mainstream* pedían cervezas a gritos y Yadira fue a atenderlos. Un grupo de tres niños-tienda que vendían dulces en el zócalo, por la mañana, entró al Cokis. Ofrecían cigarros, chocolates y cosas que hasta ese momento no imaginaba. La única niña del grupo seabrió camino entre las piernas de los bebedores, llegó hasta mí y me pidió que le comprara algo. Era una morenita de ojos y cabello negro, máximo seis años. No sé si por la coca o por lo que contó Yadira pero sentí ganas de llorar. Le di a la niña un billete de quinientos y tomé un par de chicles. La nena quiso devolverme el billete pero le dije que cenara rico y se fuera a dormir. Era un estúpido.

Yadira despachó las cervezas y regresó después de escuchar las obscenidades de un par de *artistas* que se creían sofisticados. Los miré lo más agresivo que pude.

—Déjalos, papi. Ya estoy acostumbrada y no vale la pena.

—¡Son unos pendejos!

—Uy, papi, me gustas.

Volteé y sonreí, borracho.

—¿Cómo es el club donde bailas? —no imaginaba a Mimí en un ambiente así.

—Invítame unas rayas y vamos, papi.

—Va.

Pensé que iríamos a algún sitio privado, pero Yadira descolgó un pequeño espejo que colgaba de la pared.

—Saca la coca.

Dejé caer sobre el espejo manchado tres pequeñas rocas de la mejor cocaína que había probado en mucho tiempo. Yadira desarmó un dije que pendía de su cuello y descubrió una pequeña navaja con la que cortó la droga. Cada uno aspiramos dos largas rayas. Antes de irnos del Cokis, Yadira deslizó su dedo índice sobre la superficie del espejo, me miró a los ojos y lo chupó lascivamente, de abajo hasta la punta, como si lamiera un pene.

—Vámonos, papi, tengo ganas de bailar.

Salimos del Cokis un poco después de media noche. Un par de perros trespeleques nos acompañaron hasta el puente peatonal que nos llevaría a la Central de Abastos. Ahí se alejaron. Hubiera ido con ellos.

9

In tHe House of flIes

Bodega Central estaba en la parte trasera del mercado, a las riberas del río Atoyac. Prendimos las tenues luces de nuestros celulares y atravesamos cuatro o cinco cuadras de lonas de plástico tendidas entre postes de madera, olor a cebolla, chile y tomate, charcos hediondos y ratas gordas que escapaban de la claridad. Llegamos a una explanada donde se localizan las bodegas de frutas y fluía aire fresco. Yadira y yo aspiramos hondo hasta que un par de luces nos cegaron.

—Aay, ¿Ric?, ¿Quique?, quien seas, baja esa cosa. Soy Yadira. ¡No me ves, estúpido!

—¿Con quién vienes? —desviaron la lámpara.

Apenas podía enfocar. Eran dos tipos enormes vestidos de traje azul marino.

—Es un poeta y es mi invitado.

Mientras uno cuestionaba a Yadira el otro pidió que me volteara. Me racheó y encontró la coca.

—¿Porta algún arma? —respondí que no y me devolvió la bolsa.

—Esta noche la pago yo, Ric —dijo Yadira.

El tipo que me revisó me pidió amablemente que extendiera la mano derecha con la palma hacia arriba, y puso un sello en mi muñeca con el símbolo del encendedor: un as de picas, y un número: 074.

—Ven, papi.

Yadira tomó mi mano y atravesamos la explanada. Había tres indigentes dormidos bajo un árbol, algunos perros merodeando y en la entrada al club unas ocho o diez personas haciendo fila. Yadira y yo ingresamos sin trámite.

Al entrar, parejas bailando Taylor Swift bajo luces de colores y una bola disco destellante; a un lado del lugar, una barra larga. Había algunos sillones individuales y sofás rojos repartidos por la sala. ¿Tanta fascinación por esto? Había personas vestidas con traje, otros de mezclilla. Reconocí a algunos artistas locales, vi muchos extranjeros, algunos en el club apenas llegarían a los veinte y había otros cincuentones. Algo peculiar: algunas personas usaban antifaces o máscaras.

Seguí a Yadira por el lugar. Cada dos o tres pasos alguien la saludaba, la abrazaban, la halagaban y ella se dejaba querer. Se veía feliz. Pidió dos cervezas y nos sentamos en uno de los sillones rojos.

—Mira, papi, te explico. Aquí no necesitamos dinero y dentro de poco tampoco vas a necesitar ropa. Todos tienen un número, es tu membresía. Yo soy 074, por eso te marcaron así. Todo lo que pidas y lo que hagas, de-to-do, soy responsable y lo van a cargar a mi cuenta. Así que no te pases, ¿okey?

—No te preocupes.

—Este es el bar arcoiris, por eso las lucecitas, la gente baila, bebe y así, nada del otro mundo. Y allí —, Yadira señaló una puerta de metal, en la esquina—es la entrada a la pista púrpura. Hay menos luz, la música es más rica, el ambiente es cachondo y...

—¿Ahí es donde bailas?

—No, papi. Yo soy una diva. Yo bailo en la última bodega, en el cuarto rojo. Ahí no hay ropa.

Yadira y yo bebimos un par de cervezas y platicamos trivialidades. Olvidé el asunto de Leandro y a Anca.

—¿Me invitas otra? —dije levantando la botella vacía.

—Sip, pero en la otra bodega, papi. Vamos a estar más cómodos.

Seguí a Yadira hacia la puerta de la esquina, abriéndome paso entre una confusión de rostros y sonidos.

Un trajeado fornido abrió la pesada puerta de metal, tras ella, una habitación casi totalmente oscura. En el centro, un escenario: líneas de leds color púrpura dibujaban una pista en forma de equis con un tubo en el centro. Una tenue luz cenital caía sobre hombres y mujeres en lencería, que bailaban besándose, lamiendo el sudor de otros cuerpos, apretujando los glúteos de éste y los senos de aquella, cambiando de parejas: un cardumen de peces ciegos en un movimiento perpetuo, lujurioso y destructivo.

Mientras me acostumbraba a la violenta oscuridad llegamos a un diván. Yadira pidió las bebidas.

En la pista, una chica llamó mi atención. Morena y ágil, cabello largo. Vestía sólo una falda blanca traslúcida y volátil. Caminaba por la pista bailando con todos. Al llegar al tubo serpenteó su cuerpo mientras los peces formaban un círculo en rededor suyo y los Deftones cantaba con voz áspera:

I watched you change
Into a fly
I looked away
You were on fire

Un mesero uniformado con un antifaz y una tanga blancos nos llevó un par de daiquirís.

—Pedí algo especial para ti, papi. Espero que lo disfrutes —Yadira me miró levantando una ceja y chocamos las copas. Era de fresa, estaba delicioso, casi no sabía a alcohol.

—Te veo en el cuarto rojo, no me vayas a fallar —Se fue con su cóctel, bamboleándose.

La chica en la pista asió el largo tubo con ambas manos y saltó. Flotaba en un líquido transparente, seductor y etéreo que los facinerosos en el antro no percibíamos. Caminó sobre una escalera invisible hasta que la mitad de su cuerpo emergió de entre los peces ciegos. Dió una voltereta y dejó ver fugazmente su pubis juvenil. La falda blanca onduló entre luces violáceas. La chica era una medusa nadando en destellos. Se elevó hasta que sus pies tocaron las cabezas de quienes la acechaban con lujuria. Dio una vuelta más entre esa solución ambarina y al terminar la canción se dejó caer con los brazos abiertos sobre el cardumen voraz, como un suicidio ritual. En ese momento se encendieron cuatro pantallas: los peces ciegos desgarrando la falda blanca, mordiendo un pezón, lamiendo el pubis depilado, penetrando la vagina, el culo, la boca. Los gemidos, los gestos de ella, de quienes la acometían en HD, llenaban la bodega púrpura.

El daiquirí estaba más fuerte de lo que pensaba. Sentía hormigas trepando por mi rostro. Imaginé cientos de ellas, negras, diminutas, saliendo de mi boca. Reí. Reí desmedidamente. Puse la copa sobre la mesa y me froté el rostro con ambas manos. Algo sucedía en mi cuerpo. Una pareja se acercó al diván. Él: whisky, cabello cano, saco casual y antifaz. Ella estaba, quizá, en sus cuarenta y usaba un baby doll con tanga de encaje negro, liguero y tacones altos del mismo color. Ella se sentó a mi lado, a él le llevaron una silla y se instaló frente a nosotros con las piernas abiertas. Ella arrastró su lengua sobre mi oído derecho susurrando propuestas lascivas. Yo asentí. Se sentó sobre mí, de frente, tomó mi cabeza con sus manos y me besó la boca despacio, succionando mis labios, sorbiendo el sabor a fresa mientras frotaba su pubis contra el mío. Estrujé sus nalgas turgentes y mordí levemente sus labios. Él bebía whisky y nos observaba. Recordé el relato de Herodoto sobre el rey griego Candaules, quien por placer exhibió a su esposa desnuda ante un siervo. Nunca me gustó el final de esa historia.

Quise quitarle el bra pero ella lo impidió. Se alejó levemente de mi, me miró y movió la cabeza de un lado hacia el otro. Tomó mi mano y me llevó hacia la puerta que conducía al cuarto rojo. Bebí el último trago del daiquirí. En la puerta, un guardia me asignó un pequeño locker y me despojé de la ropa. Sentía el pene erecto, palpitando.

Entré al cuarto rojo de la mano de ella. Era una habitación mediana, húmeda y las luces latían al ritmo de mi corazón. Extendí la mano izquierda hacia los leds rojos, intenté agarrar las luces, pero huían curvándose de formas extraordinarias. Parpadeé y sacudí la cabeza. ¿Qué me estaba pasando? Quise meterme unas rayas, pero había dejado la bolsa con la ropa. La mujer me condujo a una enorme cama donde Yadira estaba de pie, inclinada.

—Justo a tiempo. ¿Te gustó el daiquirí, papi? —dijo Yadira jadeando. Desnuda, se dejaba penetrar por un viejo que lamía su espalda, mientras ella, con su mano derecha sostenía el pene enhiesto de un chico con una máscara de luchador.

I took you home
Set you on the glass
I pulled off your wings
Then I laughed

Los Deftones sonaban una y otra vez como una oración violenta. En ese ambiente de luces deformes, recostado sobre la cama, alguien jaló mi cabello y me besó la boca mientras la mujer con el babydoll de encaje me chupaba el pene. Sentí varias manos magreando mi cuerpo, pellizcando mis pezones, lenguas deslizándose húmedas sobre mi pecho. Yo acometí contra esa boca que me recibía como un pez fuera del agua, ceñí los muslos de una mujer para descender hasta mi boca su sexo y lo lamí sintiendo mi piel arder. Estaba drogado y no sabía con qué, es decir, con qué más. Cada milímetro de mi piel era una zona erógena y yo era consciente de ello: sentía la estela de ocho manos al acariciarme la espalda, el vaho de tres bocas que mordían mi abdomen; los cinco millones de vellos erizados en mis brazos, en el pubis, en mi cabeza. Sentía doscientas mil gotas de sudor deslizándose exultantes, cada sístole y diástole retumbando en mis sienes. Entonces vi a Yadira, entre hielo seco y luces rojas. Nos mordimos los labios, succionamos las lenguas con sabor a fresa y a semen. Sentí una corriente eléctrica subir desde el dedo gordo de mi pie derecho, por la columna vertebral y estallar en mis ojos como un orgasmo visual. Las luces rojas se mezclaban.

Aah, aah, aah, aah

Aah, aah, aah, aah

Aah, aah

Grité y los Deftones también. Mi semen salpicó el rostro de él y de ella, la pareja candaulista que ahora se besaba embarrando los fluidos de los tres. Yo también me dejé hacer. Era un pez ciego en el cardumen.

10
Cinco de surtido
y dos refrescos de naranja

Cuando salí de Bodega Central hacía frío y el cielo era color magenta, estaba menos drogado y sentía el cuerpo pegajoso. Caminé de regreso entre lonas de plástico colgadas de postes de madera, olor a cebolla, chile y tomate, charcos hediondos y ratas gordas que escapaban del amanecer. Al llegar al puente peatonal vi dos niños-tienda empujar a un tercero, más chico. Me acerqué. Era la niña del Cokis. Corrí hacia ellos.

—Hey. ¡Alto! ¡Déjenla!

Jalé de la playera a uno de ellos, pero me pateó la espinilla y escapó. Mientras me sobaba, pregunté.

—¿Estás bien?

La niña me miró a los ojos. Los suyos estaban llenos de lágrimas.

—¿Te quitaron algo?

—El billete —balbució.

Busqué mi cartera. Tenía 200 pesos. A media cuadra se veía la luz de un puesto de tacos.

—¿Ya cenaste?

—No.

—¿Cómo te llamas?

—Chayo.

—Chayo, yo soy Joaquín —extendí la mano hacia ella, presentándome—. Te invito a cenar.

La nena me dio la mano y sonrió. Caminamos hasta la caseta blanca.

—¿Y tus papás?

Movió sus hombros hacia arriba y torció la boca, indicando desconocimiento. Recordé la profunda oquedad que sentía de niño después de la muerte de mi madre.

Pedí cinco de surtido para Chayo y dos refrescos de naranja. El daiquirí de Bodega Central aún corría por mis venas. No quería comer. Sentía la boca amarga.

—Tome, joven —le pasé los tacos a Chayo.

—¿Dónde vives?

Chayo comió con calma mientras el sol revelaba poco a poco la inmundicia del mercado. No pregunté más. Su respuesta fue un plato vacío. Pagué y le di el cambio.

—Vivo por el zócalo —dijo, y sonrió. Acaricié su cabecita con la mano derecha.

—Cuídate mucho, Chayo —y se fue caminando hacia el Centro Histórico.

El amanecer olía a podrido pero los destellos ambarinos se veían hermosos. Empezaba a caminar hacia casa cuando escuché:

—¡Ey, Poeta! ¡Papi, no huyas!

Yadira, enfundada en un vestido de noche, largo, verde metálico y con el cabello revuelto, atravesaba la calle hacia la caseta, acompañada de alguien.

Llegó al puesto de tacos con Max, un culturista devenido en pintor. Diseñaba carteles para la guelaguetza y creía que su trabajo plástico era subvalorado. Para el mundillo del arte, era amante oculto del secretario particular del gobernador y vivía de fiesta en fiesta.

—No te vayas, papi. Espero que no te hayas asustado por la fiestecita.

—No sabía que en Oaxaca hubiera lugares así.

—Ay, papi. Hay muchas cosas que no sabes. Y a propósito..., te presento a Max. Él es pintor...

—Sí, nos conocemos —lo saludé.

—Joaquín, lamento mucho la muerte de Leandro —dijo Max con voz fingida—. Sé que eran buenos amigos.

Callé.

—Bueno, papi. Resulta que Max..., bueno, pero antes: chaparrito, dame cinco de surtido, por favor, y una grosella. Es que bailar así agota, ¿no crees, papi?

Max pidió lo mismo.

—¿Qué tenía el daiquirí?

—Un coctelito, papi. ¿Te gustó?

Callé de nuevo.

—Ash, papi. Qué aburrido eres cuando no estás drogado. Le echan ron y granadina o no sé, algo rojo. Pero los ingredientes secretos son MDMA, un poco de viagra y algunas gotitas de ácido. ¿Qué tal la mixología, eh? Estabas como toro, papi. Me encantas.

—Pude haber muerto.

—Mire, su orden —interrumpió el taquero.

—No exageres, papi. Lo disfrutaste, ¿no? Al menos, no te recuerdo enojado —Yadira guiñó coqueta.

Necesitaba descansar.

—Me voy a casa, Yadira.

—Ay, no, papi, espera. Cuando Max me contó lo que pasó después de que corrieron a tus amigos de Bodega Central, pensé: lo debe saber mi Poeta. Cuéntale, Max.

Max estaba a la mitad del taco. Hizo una seña para que le diéramos un momento. Masticó apurado, tragó, tomó refresco y dijo.

—Leandro y Stephan eran unos puercos —vaya, nada nuevo. Por mí, podía seguir comiendo. Yo me iba a dormir.

—Me voy —dije adiós y Yadira me sostuvo del brazo.

—Eres muy desesperado, papi. Ya, Max, cuéntale lo bueno.

—Yo soy miembro de Bodega Central desde su inauguración —dijo el culturista petulante—, no recuerdo si era viernes o sábado, pero Leandro, su esposa y su *artdealer* estaban discutiendo en la explanada de las bodegas. Leandro se veía bastante borracho. De un momento a otro le pegó a Mimí un cachetadón y..., me manché el saco. Era un saco carísimo. Me resbalé y caí sobre el lodo. ¿Te imaginas?, as-que-ro...

—¡Ay, ya! ¡Cállate, Max! No cuentas bien el chisme. Papi, perdona a este perro lleno de esteroides —reí.

—Déjame a mí. Sólo interrumpes si digo algo equivocado. No para decir cómo ibas vestido o cualquier otra estupidez, ¿o-key?

Max la vio haciendo pucheros.

—El pintor le pegó a la pelirroja, papi, y ella se fue llorando. Tu amigo vio a una de las niñas que vende chicles, y la llamó. Pero no le compró cigarros, le dio varios billetes y se sacó la verga para que la nena lo masturbara. Este idiota no hizo nada para detenerlo —y le pegó a Max en la cabeza—, pero el güero llegó y empujó a tu amigo. La niña se fue corriendo y ellos empezaron a pelear.

Yadira, de una mordida, se comió casi todo el taco, y con la boca llena pidió a Max:

—Sigue tú.

Max volteó a verme.

—No sé si sepas, amigo, pero esos niños están protegidos por la mafia triqui —¿*la mafia triqui?* Este idiota ve muchas series de narcos—. Cuando llegaron sus cuidadores, Leandro y Stephan estaban peleando. Ni les avisaron. Los agarraron en el piso, a patadas, a palos. Les dieron con todo y los dejaron tirados. Uno de los vigilantes los escupió y les gritó que si volvían a acercarse a cualquier niño los mataban.

—Tú, ¿dónde estabas?

—Escondido, amigo, en uno de los puestos. Cuando pasan cosas así, lo mejor es esconder la cabeza.

Cobarde.

—Pero te decía, los iban a dejar ahí, pero el güero se levantó y se fue sobre los vigilantes. El güero dio batalla pero lo volvieron a noquear y se los llevaron, a los dos.

—¿Sabes quién era la niña, papi?

Yadira me miró levantado la ceja izquierda.

—La chiquita con la que estabas antes de que llegáramos.

Me levanté. Tenía que encontrar a la Chayo y preguntarle sobre esa noche. Yadira me detuvo.

—Cálmate, papi. Mira cómo estás. Yo vivo a unas cuadras. Duérmete en el sillón y después ve a donde quieras. Prometo no hacerte daño.

Yadira rió, burlona, y Max también. Tenía razón, necesitaba dormir algunas horas.

11
¡Pinche pedófilo!

Otra vez. Caía veloz por un abismo oscuro. Un sonido agudo ocultaba mis gritos. Una sensación me abarcaba: la caída sería para siempre. Emergí del sueño jadeando y con la piel húmeda. Desorbitado. Estaba en el depa de Yadira. Busqué la bolsa de coca. Metí y saqué la llave una, dos, tres veces. Pinche coca. Las ideas se revolvían en mi mente, se apareaban, daban vueltas, chocaban unas contra otras. Fueron los triquis. Stephan. Tengo que buscar a Chayo. Al salir, escuché que Yadira gritaba algo. No puse atención.

Caminé cuatro cuadras hasta el zócalo. Eran casi las once de la mañana. Di varias vueltas alrededor del kiosko. Nada. Un par de niños-tienda me vieron y cuando pasaba frente a la catedral uno de ellos, el más chico, de unos seis, me detuvo.

—¿Quieres perico, mota?

No respondí.

—Ya no tengo tachas.

—Busco a una niña.

El niño volteó a ver a su compañero y le hizo una seña para que se acercara.

—El señor está buscando a una niña.

—Busco a Chayo. Sólo a ella. ¿Saben dónde está?

El más grande asintió y me dijo que esperara con el otro, en el asta bandera. Esperamos menos de diez minutos. Regresó.

—Chayo está en la vecindad.

Fui con ellos. Era una vecindad cerca del zócalo, sobre la calle de Las Casas, el lugar de moteles, bares, puestos de piratería y prostitutas.

—Quédate aquí —me dijo el mayor, y los dos entraron.

Los vi subir una escalera y hablar con un joven. Él me chifló haciéndome una seña para pasar. Subí las escaleras.

—Buenos días.

—Pásele, don —me dijo el joven. Los niños ya habían entrado a la habitación.

—Estoy buscando a... —golpe en la nuca.

Desperté somnoliento. Sentado sobre una silla. Amarrado. La habitación olía a mierda y a orines. Tardé en acostumbrarme a la oscuridad, pero había alguien parado frente a mí. Bofetada. Puta madre.

—Para que te despiertes.

En efecto, me había despabilado. Tenía frente a mí al triqui joven que estaba con el Pan de Muerto en El Chato. Lo acompañaba uno de los niños que me había llevado a la vecindad, el mayor.

—¿Éste quería una niña?

El niño asintió. El triqui sacó un machete pequeño de su funda y asestó el machetazo cerca de mi mano derecha, amarrada al descansabrazos.

—¡La siguiente va más arriba! Me vas a llevar con tu grupo. ¿Dónde se reúnen?

—¡No, no! Espera. Es un malentendido.

—¿Cuál malentendido? ¡Pinche pedófilo! Les dijimos que si volvían los matábamos. ¡Nacho, bájale los pantalones! Le vamos a cortar la verga.

Grité lo más que pude.

—¡Ayuda! ¡Ayuda!

—Grita, hijo de la chingada. A ver quién te salva. Órale, Nacho, los pantalones.

Tras mi captor estaba la oquedad donde debía ir una puerta. Chayo salió de la oscuridad tallándose los ojos. Cuando me vio, dijo algo en triqui. El joven detuvo el machetazo y volteó a verla.

—¿Estás segura?

Chayo asintió.

—Míralo bien, mija. No tengas miedo.

Chayo se acercó sin hablar y empezó a desamarrarme. Nos vimos, ahora yo tenía los ojos llorosos.

—Gracias, nena —me acarició la cara y se fue.

—¿Para qué buscabas a la niña?

Conté lo que me habían dicho Yadira y Max, de la muerte de Leandro y mi relación con él. Al final, mentí:

—El gobierno piensa que ustedes lo mataron y los van a perseguir hasta encontrarlos —hablé sin pensar.

—¿Oyó usté eso, apá?

De la misma oquedad de donde salió Chayo emergió el viejo taimado de El Chato. Caminó hacia mí.

—A ver, a ver. A un lado, Lino. Ahora voy yo. ¿¡Qué pasó, amigo!? Hay que ser correctos, ¿no cree?

Caminaba lento. Uno, dos, tres pasos.

—Imagínese que yo fuera a su casa y nomás porque sí lo acuso de asesino y, aún más, lo amenazo.

Era bajo de estatura. Su cabeza quedaba a la altura de la mía estando sentado. Al llegar frente a mí acercó su boca a mi rostro. Olía a mezcal y a carne podrida.

—¿Lo del gobierno fue una amenaza, amigo? ¿Así se dirige usted a la gente que apenas conoce?

—No, no. Yo creo que podemos evitar problemas.

—Ah, qué bueno es usted, Poeta. Así le dicen, ¿verdad? Entonces usted vino a evitar problemas. Mire nada más, qué considerado. Entonces, déjeme agradecerle como se merece.

El viejo volteó a ver a Lino y le dio una orden con los ojos. El joven me sujetó las manos, que tenía en la espalda. El viejo me dio un puñetazo en el estómago y cuando me doblé, un rodillazo en la boca.

—¡Yo soy Rigoberto Retana, líder de la Insurgencia Triqui! Y tu vida depende mí, hijo de tu chingada madre.

—Te llamas Joaquín, verdad.

—Sí. Joaquín, Joaquín Lozano —dije babeando sangre.

—Pues Joaquín, Joaquín Lozano, ¿eres oaxaqueño?

—Sí.

—Entonces eres más pendejo de lo que creía. No entiendes cómo es tu tierra, por eso te metes en problemas. Nosotros no matamos al pintor.

—Pero lo amenazaron de muerte.

—Eres más pendejo de lo que creía.

Bofetada.

—Así es, Poeta, lo amenazamos. Pero los triquis sabemos negociar y tenemos gente en todos lados. Nosotros somos guerrilleros, pero hay otros educados, Poeta, cultos. ¿O tú crees que nomás los güeros saben *ler*? Mi hermana me dijo que los cuadros de tu amigo valen muchos dólares.

¿Su hermana?

—Y pues siempre necesitamos dinero para...

—¿Armas?

—Ah, cómo eres pendejo, Poeta.

Pisotón y rodillazo.

—Útiles escolares y libros. Las niñas y los niños así dicen ahora, ¿verdad?, necesitan cuadernos, colores, libros. Usted sabe.

Rigoberto dio una indicación con los ojos y Lino me subió el brazo izquierdo hacia la nuca. Grité.

—Soltamos a tus amigos a cambio de dos cuadritos que no hemos recibido. Dos chiquitos, Poeta, no somos ambiciosos. Esta vez te vamos a soltar pero necesitamos que seas el mensajero. Recuérdale al güero que falta su cooperación para la lucha. Tiene veinticuatro horas si no, vamos a ir por él, y de mi parte, abraza bien a la viudita, dicen que está muy desconsolada, pobrecita.

Me amarraron un paliacate en la boca y me arrastraron con las manos en la espalda. Al salir de la vecindad me subieron a la batea de una camioneta.

—¡Vámonos! —gritó Lino.

Pasaron algunos minutos, pocos, y mientras el vehículo avanzaba, me desamarraron y tiraron. Caí de espaldas. Estaba frente a la iglesia del ex Marquesado, cerca de la casa de Alicia. Aún tenía la bolsa de coca. No podía aspirarla así que metí un dedo en ella y lo lamí.

12
Azul elécTRICO

Caminé como un wixárica en trance hacia la casa de Alicia. Necesitaba limpiar las heridas. Quería confrontar la mirada del murciélago que protegía aquella casa, pero al llegar la encontré a ella, de espaldas, vestida de negro y con una peluca azul eléctrico. Me quedé pasmado. Sentí la sangre punzar las delgadas venas de mis sienes. Esa peluca... Alicia volteó e interrumpió mi asombro. Me vio lastimado y se disculpó por no poder ayudar. Me dijo que iba tarde para una audición de teatro e intentó seguir su camino. Me quedé callado, mirándola fijamente. Debió darse cuenta que me di cuenta, y me preguntó con malicia.

—¿A qué vienes, pequeño Quin?

Pequeño Quin. No me decían así desde que murió mi madre, a los siete, y me fui a vivir con mi abuelo: *Aquí no lloramos, y ya estás grandecito para que te diga Quin.* La infancia me golpeó de repente. Estaba ante Alicia, desprotegido y temeroso. Escuchaba su voz como si viniera desde el fondo de una habitación larguísima y vacía. Un eco pretérito. No pude responder. Alicia tomó mi mano y me metió en su casa. En un minuto estaba sentado dentro de esa bestia misteriosa, sintiendo el frío oscuro acechándome. Alicia limpió mi rostro ensangrentado y puso en mis manos una taza con té caliente que me hizo recobrar el sentido del espacio y del tiempo. Bebí el té a sorbos pequeños. Sentí entrar el calor reconfortante, bajar por mi pecho hasta el estómago. Sorbí más. Alicia se había sentado, quitado la peluca y puesto un poncho de lana. Su cabello negro descansaba sobre sus hombros. Caía sobre ese lienzo rojo de algodón, manto protector y arma. Mi mente empezaba a dislocarse. ¿Por qué Alicia no me contó que había ido a la expo? ¿Por qué se disfrazó de mesera? Mi adicta paranoia iba en aumento. ¿Por qué no puedo moverme? Sentí un hilo de baba escurriendo por la comisura derecha de mi boca.

Sacudí mis brazos violentamente para despojarme de ¿un hechizo?, ¿un pasón? La taza de té y su pequeño plato se rompieron al caer. Alicia no se inmutó. Parecía que la casa se hubiera tragado el ruido y las piezas de cerámica.

No sabía si tenía la boca torcida o sólo la sentía así.

—Envenenaron a Leandro —se me dificultaba hablar—. ¿Qué hacías en la expo? ¿Fuiste tú? —Alicia rió.

—No seas ridículo, Joaquín. Leandro no me respondía así que fui a verlo. Sólo me ofreció dinero para que abortara. Estaba tan drogado que se le torcía la boca, como a ti ahora. Me tiró un fajo de billetes en la cara y no aguanté. Me dio tanta rabia..., si no salía... Antes de irme quité los seguros de la puerta del museo.

Alicia se levantó del sillón. Deambulaba por la casa. Escuchaba su voz y sus pasos cerca hasta que me dijo al oído.

—¡Es fácil matar a quien se ama! Se conocen los hábitos, los gustos... Se puede matar con un té o con un beso.

Volteó mi cabeza con su mano y me besó en la boca unos segundos.

—Como en la hija de Rapaccini, ¿recuerdas?

Ese cuento de Hawthorne que sucede en un jardín, esa pequeña obra de Octavio Paz, para nosotros significaba aceptar una amistad desviada y vibrante. Leandro, Alicia y yo la leíamos una y otra vez, actuando los personajes alternativamente; Alicia siempre era Beatrice.

Ni siquiera pude preguntarle sobre Stephan y Mimí. Las venas de mi cuello me estaban ahorcando. Me levanté de inmediato. Corrí hacia la puerta y salí de las entrañas enfermas de esa casa. Sentía que mis ojos se saldrían de sus órbitas. Caminé un par de cuadras sosteniéndome de las paredes. De pronto, todo negro.

13

HeROínA De vIDeOJuegO

Abrí los ojos. Desperté con la muñeca izquierda conectada a una larga manguerilla transparente. El sol me astillaba las córneas. Olor a medicamentos. Boca amarga. Un millón de agujas milimétricas incrustándose en mi cabeza. Escupí. Sentía una tristeza añeja creciendo dentro de mí, algo abstracto e incisivo como la ansiedad. Una lánguida ausencia química arruinaba mi mente y cuerpo.

Una voz compasiva se acercó y tomó mi mano.

—Estás en la Cruz Roja.

Me explicó que llevaba dormido casi veinticuatro horas, que una señora me había encontrado tirado en la calle, convulsionando, y me había traído. Me abrió los ojos y los revisó con una lamparita.

—Llegaste con la presión muy alta. Te inyectamos clonazepam para que no te diera una embolia. Ya estás estable, pero debes descansar.

El olor a medicamentos me daba náuseas.

—¿Me envenenaron?

—No —respondió la enfermera sonriendo—. Tuviste una sobre dosis de cocaína. ¿Tienes algún familiar a quien llamar? ¿Alguien cercano?

Ese dolor abstracto e incisivo se hacía cada vez más grande y concreto.

—No.

Unas ganas de llorar sin sentido. O al contrario, con un sentido absoluto y fatal: estaba solo. Recité ante la enfermera el teléfono de Anca.

Cuando Anca llegó a la sala de urgencias la escena parecía un collage digital malhecho: una heroína de videojuegos en medio de un moridero. Lloré. Lloré contenidamente hasta que Anca posó sus Yves Klein sobre mí, y me abrazó. Entonces lloré sin formato, desafinado y a destiempo; sin pudor ni código de etiqueta. Lloré fuera de foco como el personaje de Woody Allen, lloré como las mujeres del Guernica, lloré ante las puertas y los puertos como Girondo, lloré como Estefanía por la muerte de Palinuro. Lloré.

14

NegOcIOS RAROS

Al llegar a casa, Anca me llevó a la recámara. Me sentía avergonzado ante sus Yves Klein que me escrutaban, según yo, desde una superioridad humillante. Antes de que Anca saliera de la habitación, intenté levantarme.

—*You better rest, Joaquin. I'm going to take care of you, but you must take care of yourself.*

Miré a Anca apenado mientras acariciaba mi rostro. Vi ternura en sus ojos y desvié la mirada. Ella, a quien había conocido unos días antes, era lo más parecido a "alguien cercano" en mi vida. ¡Qué jodida vida! Aquella tristeza añeja se agazapaba dentro. No sabía si lo peor era estar con o sin clonazepam.

Dormí algunas horas aún bajo el sopor químico. Cuando me levanté, era de noche. Revisé mi celular. Tenía veintisiete llamadas perdidas del periódico. Sólo un mensaje: Te vas a la chingada, Joaquín. Putamadre. Fui hacia la cocina. Anca estaba sentada en el desayunador, con el periódico extendido y fumando bajo una luz amarillenta.

—*How do you feel?*

—*Well, uh, I don't know. Better, I guess* —dije mientras me sentaba junto a ella.

Anca me acercó yogurt, pan y un poco de queso fresco. Comer me ayudó a menguar mi languidez.

—*I was worried about you* —Anca ni siquiera me miró al hablar. Fumaba y veía la noche tras la ventana sucia.

—*Please, I'm really so sorry...*

—*Don't... I just say if you want to die. Don't you want to write a novel or something more than just go to parties?* —Anca exhaló una bocanada larga. Tenía razón. Hacía muchos años que me había prometido no desear nada con vehemencia.

Mientras Anca continuaba, en mi mente tenía siete años, estaba en el salón de clases y se burlaban de mí por los tenis viejos. Empujones de unos, risas de todos. Mi abuelo no atendía "esas cosas". Sólo dejaba dinero sobre la mesa del comedor, cada domingo, después de la comida familiar, reducida a él viendo el fútbol y yo, callado, frente a algún guisado: pierna rellena, lomo al horno o pollo en escabeche. *Ya estás grandecito, compra lo que necesites.* Recuerdo a Leandro entrando al salón y lanzarse a puñetazos contra los dos que me tenían en el piso. La bulla infantil. La maestra entrando al salón. Leandro tirando patadas. Los otros chillando como cerdos. Yo, gritando que se detuvieran. Y el castigo.

—¡Leandro y Joaquín, a la dirección!

Parecía que Leandro no tenía miedo.

—¡Pinche vieja!

Hablaba sin importarle lo que sus palabras pudieran provocar.

—¡Vámonos! —me dijo tomándome de la mano.

Y nos fuimos hacia la dirección, pero no llegamos con el director, salimos de la escuela caminando por la puerta principal.

—¿Por qué dejas que te traten así?

Me encogí de hombros.

—Si los dejas, te van a seguir chingando. Así dice mi papá.

—No tengo papá.

—Entonces tu mamá.

Me encogí de hombros.

—Pero tienes dinero, ¿no? Te traen en un Mercedes.

—Es de mi abuelo. Tiene una fábrica de galletas.

—Entonces, ¿por qué no te compran tenis?

Saqué varios billetes de la bolsa de mi pantalón.

—No me gusta ir a las zapaterías. Me preguntan por mi mamá.

—Yo te llevo —me dijo. Esa mañana me compré unos Nike.

Anca seguía hablando. De verdad, no estaba de humor, así que la interrumpí.

—I discovered something when I went to Leandro's workshop.

Los Yves Klein volvieron a mirarme fijamente.

—I saw Stephan and Mimi acting weird.

—What do you mean "weird"?

—Mmm, like if they were hiding something.

El periódico anunciaba un desfile de modas en el jardín botánico, seguramente Stephan y Mimí asistirían.

—Anca, I need to give Stephan a message. Do you want to go to a catwalk?

15

ETNOFASHION

Atardecía, y yo era Francis Bacon golpeado por un homosexual borracho. Sin embargo, mi credencial de prensa y los Yves Klein nos valieron la entrada al *Etnofashion*, una pasarela "de moda étnica contemporánea", según los *flyers*.

Apoyado sobre el brazo de Anca, caminé por el jardín botánico, en el huerto del ex convento de Santo Domingo de Guzmán, un sitio utilizado para fiestas privadas en las que algunas veces políticos, uno que otro artista y lavadores de dinero comparten whisky, becas y contratos gubernamentales. Busqué a Stephan alrededor de la explanada de cantera verde, cuadrada, con una pasarela blanca que la dividía a la mitad, flanqueada a ambos lados por sillas y el amplio jardín de magueyes, biznagas y otras cacatáceas. El bar estaba al otro extremo de la entrada. Habían dado la primera llamada y los invitados seguían llegando. Yo sentía que mi estómago daba vueltas lentamente. Algunas personas platicaban de pie, bebiendo champán; otras, tomaban asiento y consultaban los programas de mano mientras un grupo de periodistas alistaba los tripiés y las cámaras para transmitir el desfile de modas. Entre huipiles de lino, joyería de autor y risas fingidas, encontramos a Mimí, que vestía de negro.

—Qué bueno verte…, ¡¿Joaquín, qué te pasoó?!

—Un performance que salió mal.

Mimí sonrió estilo ja ja, hizo una mueca burlona y saludó de beso a Anca.

Mientras ellas platicaban, vi a Stephan hasta el otro extremo de la explanada, en el bar, con una modelo. Caminé hacia ellos con lentitud paquidérmica y las manos sobre mi estómago, que en ese momento daba la tercera vuelta sobre sí. Me abrí paso entre políticos corruptos que platicaban con anticapitalistas de redes sociales, saludé a una galerista de cabello cano que ostentaba una gran cruz de oro sobre sus senos operados mientras seducía a un artista veinteañero y decenas de turistas fascinados por la autenticidad de Oaxaca, tomando selfies con las y los modelos indígenas.

Seguí caminando y sentí el estómago en la garganta. El baño estaba lejos así que entré trastabillando a un laberinto de cactus que emergían de la tierra roja más de dos metros. Me incliné y devolví una ácida baba amarilla que colgaba de mis labios cuando esuché:

—… y usté no ha cumplido su palabra.

—Tu padre está fuera y…

—Los cuadros, licenciado. No se haga pendejo, ya pasó tiempo.

Las voz áspera me pareció familiar. Me limpié la boca con la manga de la camisa blanca y me puse en cuclillas para tratar de ver quiénes eran. Pero algo se revolvió en mi estómago.

—Un cuadro. El trato fue un solo cuadro.

Entre los cactus verdes pude ver un par de botas vaqueras negras frente a unos mocasines color tabaco, Salvatore Ferragamo.

—Lo queremos hoy o nos llevamos al güero.

La voz altanera, sin duda, era de Lino.

—No tengo el cuadro.

—Entonces nos vamos a llevar al güero o a la viudita. Usté escoja, licenciado.

—Los cuadros los tiene Stephan. Pero no quiero escándalos.

Hubo silencio, quizá un minuto, en el que el barro rojo se untó a la gamuza de los Ferragamo que iban y venían de un lugar a otro.

—Cuando la diseñadora suba al escenario habrá fuegos artificiales. En ese momento vayan por él.

Sentí otra arcada y la baba amarilla fluyó viscosa, en cámara lenta, sobre mis zapatos. Cuando me recuperé, Lino y su acompañante se habían marchado.

Salí del laberinto de cactus sucio, mareado pero con el estómago resuelto. Miré hacia ambos lados buscando a Stephan y a Anca. Ella y Mimí estaban en el bar, platicando con dos modelos que presumían su exotizada identidad adornada con pecheras de oro y plumas verdes, rojas y tornasoladas, bajo las cuales lucían sus cobrizas abdominales. Stephan, también en el bar, ahora platicaba con un notario regordete que ostentaba anillos de oro y pedrería en los dedos de ambas manos, conocido por ser "coleccionista serio de arte", un eufemismo que significa "lavador de dinero con experiencia", alguien que apoya proyectos ridículos por necesidad de erogar cantidades millonarias: un mecenas en tiempos del fraude fiscal, con una larga lista de espera integrada por artistas que se creen revolucionarios, independientes o contestatarios.

Llegué hasta Anca y Mimí haciendo un esfuerzo por controlar mi mareo. Anca se dio cuenta y fue hacia mí.

—*You look terrible.*

—*I'm felling really bad.*

Caminamos hacia Mimí que platicaba con alguien más.

—*Let's go home, Joaquin* —me sugirió Anca. Pero no podía dejar de pensar en quien sería la persona con quien hablaba Lino.

Mimí presentó a Alejandro, el gobernador.

—Anca, Joaquín, ¿se acuerdan de Alejandro? —El gobernador extendió su mano hacia mi, pero mirando a Anca fijamente.

—*Nice to meet you* —dijo petulante.

Yo tomé su mano y la agité mientras Anca le devolvía una mirada complaciente.

—¡You look good! —respondió Anca, mirándolo de arriba hacia abajo. Yo hice lo mismo y los vi: los mocasines Ferragamo color tabaco.

Volteé a ver donde estaba Stephan, debía advertirle. Estaba a tres o cuatro metros de nosotros y aún platicaba con el coleccionista.

Cruzamos miradas e intenté articular un mensaje cifrado en gestos, ceños fruncidos y movimientos oculares. Stephan sólo se encogió de hombros y negó con la cabeza. Anunciaron al segunda llamada y las personas empezaron a caminar hacia sus lugares.

Volteé a ver al gobernador y Lino, que caminaba en contra de la demás gente, acercándose a Stephan desde el otro extremo de la pasarela. Su plan estaba en marcha.

Le pregunté a Anca si tenía un programa de mano y ella lo extendió hacia mí. En cinco minutos, la diseñadora subiría a la pasarela.

El bar estaba en el extremo opuesto de la única entrada y salida, y Lino estaba cada vez más cerca. Caminé hacia Stephan y lo tomé del brazo.

—Sé lo de la Insurgencia Triqui. Necesitas...

Stephan se sacudió mi mano y aceleró su andar. Fui tras él.

—Tengo un mensaje para ti.

Stephan se detuvo.

—¡No sabes en lo que te estás metiendo!

Y se marchó hacia su lugar.

Lino se abría paso educadamente entre la fauna que se colocaba en sus asientos.

Stephan llegó junto a Mimí y, al voltear para dejar su saco oxford sobre el respaldo de la silla, vio a Lino, que caminaba indudablemente hacia él. Fue solo un momento, pero Stephan entendió. Vistió su saco de nuevo, dijo algo a Mimí, que no escuché por la distancia, y caminó entre la gente que ya estaba sentada. Stephan, conteniendo su desesperación, se abría paso entre zapatillas rojas, viejitos con sombreros, veinteañeras que tomaban selfies y sus novios que posaban junto a ellas. Lino, en lugar de ir directamente hacia Stephan, con la seguridad que otorga portar un arma, caminó hacia la salida. Stephan, que era detenido para ser saludado, no tendría escapatoria. Por un momento perdí de vista a Lino. No lo vi en la salida ni en el trayecto que seguía. Cuando volví la mirada hacia Stephan, Lino le palmeaba la espalda y se dirigía, con él, hacia la salida. Supuse que el arma había sido el argumento persuasivo y el motivo por el cual Stephan tenía el rostro serio y su saco levemente alzado por la parte trasera.

Lino y Stephan estaban por salir del jardín cuando anunciaron la tercera llamada y empezaron los fuegos artificiales. Una mujer extranjera gritó: *Manuel* y se arrojó a los brazos de Lino que, desconcertado, guardó su arma. La mujer lo besó en el rostro y en la boca, y Stephan aprovechó la confusión para salir del lugar.

Anca y yo nos miramos, de lejos. Caminamos el uno hacia el otro y al encontrarnos le dije:

—*We should get in the Leandro's workshop. I would like to show you some documents.*

16

We can't go back Home

—*It is time, Joaquin* —Eran poco más de las tres de la madrugada.

Anca condujo hasta el complejo fabril. Dejamos el Jetta viejo al lado de una pequeña nave abandonada atrás del taller de Leandro. Hacía frío y el cotilleo de los grillos era perturbador. Me quedé pasmado imaginando cientos de miles de ojos mirándome desde la hierba, repitiendo incesantemente con sus pequeñas vocecillas: *cobarde, paranoico, drogadicto...* Anca me llamó. Había abierto la ventana del baño.

Ella pasó primero y me ayudó a entrar. Mis ojos tardaron en acostumbrarse a la oscuridad. Anca caminaba entre algunas cosas que permanecían tiradas en el taller, y susurró:

—*Where did you see the...?* —Le hice una seña para que me siguiera.

Los archiveros estaban volteados hacia abajo, los documentos regados, incluso la caja fuerte de donde Stephan había sacado los fajos de billetes para pagarme estaba abierta y vacía. Busqué el documento pero no lo encontré. Sobre el escritorio no había nada.

Anca estaba al lado de un librero, hojeando los libros uno por uno. Se dio cuenta que la veía.

—*It's the only thing in place in this office.*

Anca se quedó ahí, yo caminé hacia la carpintería. Debajo de la puerta corrediza se veía un tenue filo de luz. Caminé hasta esconderme entre la puerta y la prensa litográfica, del ladooscuro de la nave. Vi a Stephan borracho, tirando pinceladas cargadísimas de óleo a un lienzo de mediano formato que estaba sobre un caballete. En una mesa cercana a él había algunos tubos de pintura, brochas, estopa, una botella de vodka y una pistola. El lienzo que pintaba Stephan no estaba en blanco. Parecía recubierto por una pasta brillosa sobre la cual untaba el óleo amarillo sobre el rostro de tres personajes en color rojo: eran tres hermanos que parecían obreros, por sus ropas. La obra: los trazos y colores, el estilo, me recordaban a alguien, pero no supe inmediatamente quién. En el suelo y recargados en la pared había cuatro cuadros más. Evidentemente uno era del mismo artista: una mujer con la cabellera también roja, como los tres niños. Otro, el retrato de una mujer con la cara irregular y un tocado estrafalario; otro, una pareja de los años veinte, ebrios: él fumando un puro, ella con un sombrero charleston rojo. Saqué el celular y tomé algunas fotos. Quería ver el último cuadro, pero la luz se reflejaba justo sobre la pintura. Levanté el brazo para sostenerme de la prensa, aún me sentía débil. Tropecé con un vaso de vidrio que estalló contra el piso. Stephan tiró el pincel y tomó la pistola. Volví debajo de la prensa. Stephan caminó hacia la oscuridad, directamente hacia mí.

—¿Quién anda ahí?

Algo se cayó al otro lado de la nave. Stephan disparó dos veces en esa dirección. El fulgor de las detonaciones reveló la silueta de Anca yendo hacia la carpintería. Stephan disparó una vez más y yo aproveché para arrojarle una llave de tuercas que estaba debajo de la prensa. Nunca he tenido buena puntería, pero esta vez acerté en la cabeza.

—*Putain*.

Disparó hacia la prensa. La bala pasó cerca de mí y chocó contra el metal, emitiendo un silbido. Grité por reflejo.

Stephan cortó cartucho y apuntó hacia donde provenía el grito.

—¡Ya! ¡Ya estuvo! —salí con las manos levantadas.

Se acercó y me pegó en la frente con la pistola. Caí.

—¿Tú?

Stephan me apuntó a la cabeza y volteó.

—¿Con quién vienes?

—Con nadie —me pisó la mano izquierda.

—¡Ahh!

Stephan volvió a mirarme y en ese momento Anca

lo derribó con una patada, se paró junto a mí y encañonó a Stephan, cuya arma se había deslizado lejos de él.

—No me habías dicho que tenías niñera —era el mejor tono sarcástico que le había escuchado.

—*Turn your head down and put your hands behind your back!*

Anca apoyó su rodilla derecha sobre la espalda de Stephan.

—*Joaquin, the car. I'll meet you at the entrance* —dijo mientras me aventaba las llaves.

Me levanté y salí lo más rápido que pude. Cuando ya había arrancado el Jetta sonaron dos disparos, el segundo más fuerte. Anca salía corriendo del taller cuando llegué a la entrada. Me hizo una seña para que me pasara al asiento del copiloto, se subió al auto y aceleró a fondo.

—*We can't go back home.*

Anca conducía a más de 120 kilómetros por hora esquivando baches y carros, mientras decía que Stephan era muy peligroso.

—*We have to hide somewhere* —¿Quién era Anca? ¿En qué estaba metida? ¿Qué calibre era esa pistola?

—*Did you kill Stephan?*

—*I shoot after him* —¿eso significaba sí o no?

—*Why do you have a gun?*

—*It is my job* —volteé a verla con el ceño fruncido.

—*I'm a babysitter like Stephan said.*

—Babysitter?

—Yes, and I'm taking care of you. So, be a good kid and tell me where we could hide —no sabía qué sucedía, pero siempre he sido un buen niño, así que me quedé callado, pensando.

Recordé a Roland. Un amigo alemán que llegó a Oaxaca en 2006 para unirse a grupos indígenas rebeldes. Llevaba algunos meses casado con una amiga, Ayuri, una activista de la zona triqui, cuando unos paramilitares los emboscaron. Llevaban víveres para las comunidades. En esos años yo hacía trabajo social en aquella región y encontré a Roland moribundo en un camino de terracería. Después de que Ayuri murió, Roland compró una ex hacienda, se volvió amargado, desconfiado del gobierno, conspiranoico global, enemigo de lo que sonara a capitalismo y nos hicimos más amigos. Le pedí a Anca que condujera hacia su casa.

17

ROLAND

Roland vivía a unos quince minutos del taller de Leandro. Ahora se dedicaba a la herrería. En El Chato decían que era descendiente de nazis. Rumores. Roland era una excelente persona. Cultivaba maíz, calabazas, papas y lechugas, criaba perros weimaraner y tenía un taller muy bien equipado.

Llegamos a la casona. Una extensa y gruesa barda de cantera verde de tres metros de altura, con alambre de púas electrificado en la parte superior, separaba a Roland de lo que no quisiera ver. Anca estacionó junto a la pesada puerta de metal. Toqué el timbre y la voz de Roland surgió desconfiada desde el monitor.

—¿Quién eres y qué quieres?

—Roland, soy Joaquín.

Roland activó la cámara y dejó ver su cara roja.

—Hola, Joaquín. Te ves mal. ¿Con quién vienes?

—Con una amiga rumana —Roland gruñó.

—Déjame ver a tu amiga.

—Está bien, pero no habla español.

Anca se paró frente a la lente y saludó a Roland en Alemán.

—No me caen bien los rumanos, tienen mucho resentimiento contra los alemanes.

—Eso es historia, Roland. Déjanos entrar, por favor. Estoy en un problema grave.

No cambió su actitud.

—No me gusta decirlo pero me debes una.

Uno, dos, tres segundos... Sonó un seguro eléctrico y abrimos la puerta. Al menos ocho weimaraners salieron a recibirnos agitando sus colas. Antes de que se acercaran a olfatearnos, Roland gritó una instrucción en Alemán y los perros lo rodearon.

Roland y yo nos abrazamos. Hacía tiempo que no lo veía.

—Viejo gruñón, ¿me ibas a dejar afuera?

—No, pero te dije que no me gustan los rumanos. Traen mala suerte —y volteó hacia Anca para saludarla.

—Necesitamos escondernos unos días, Roland.

—Mete tu auto y vigila bien a tu amiga.

Roland no estaba del todo equivocado. Tampoco sabía quién era Anca. Aún me sentía adolorido. Necesitaba dormir y algo de clonazepam, ketorolako, tramadol o lo que me ayudara con el síndrome de abstinencia.

Roland nos ofreció de comer y le contamos lo que había pasado. Miró a Anca fijamente por unos segundos hasta que ella empezó a hablar en Alemán. Anca estaba seria y firme, contando algo que parecía importante.

Roland cruzó sus brazos y estuvo así varios minutos. Luego se llevó la mano derecha a la boca, siempre viendo a Anca a los ojos. Entonces Anca sacó el libro falso que estaba en el taller de Leandro y lo puso sobre la mesa. Eran casi doscientas páginas. Roland tomó unas hojas y yo otras. Yo estaba asombrado por tanto dinero, nunca había visto algo así ni en documentos. Había recibos, facturas y contratos desde hacía catorce o quince años, más o menos cuando Leandro y Stephan se conocieron. Había oficios en francés, firmados en Ginebra, otros en Múnich, Berlín, París y otros más recientes en Texas, Miami y Nueva York. Ninguna de las obras estaba a nombre de Leandro. Sólo eran códigos con iniciales de tres letras y un número de cinco dígitos. Ahí estaba el documento que había visto: un recibo por treinta y ocho millones de Euros, por concepto de la obra RRC-05247. No era el más cuantioso. Los había por cuarenta, cuarenta y cinco y la suma más grande eran sesenta y ocho millones de euros por un cuadro de sesenta por noventa centímetros, con las iniciales RRC-00892. No todas eran facturas, recibos o contratos, la mayoría sólo eran listas.

Cuando Roland vio los documentos su rostro cambió y, otra vez, habló en Alemán con Anca. Se llevaba la mano a la boca y musitaba frases incompletas. Anca habló. No sé qué habrá dicho pero Roland y ella voltearon a verme. Roland me cuestionó con tono grave.

—¿Sabes qué es esto?

—No tengo idea.

—Leandro estaba metido en cosas raras. Mira —me dijo Roland agitando unas hojas frente a mí, apuntando con el dedo índice algunas partes y repitiéndolas en Alemán.

—Estos contratos son con empresas muy grandes, por muchos millones de Euros y señalan servicios que sólo son iniciales y números.

—*Do you think Leandro was a drug dealer or something illegal?* —interrumpió Anca. También lo había pensado.

—*I don't know. We had no communication for a long time.*

—*When did Leandro go to Paris?*

—*In 2014, when he was nineteen.*

—*Mimi said to me that Leandro became a millionaire in Switzerland. Do you think she knew about this?* —Anca me enseñó los documentos.

—*Look at this, Joaquin. There are millionaire amounts but, what did they sell?*

Me pregunté lo mismo cuando los coleccionistas se llevaban cuadros con el óleo fresco. Recordé las fotos de Stephan pintando sobre cuadros ya pintados, y las mostré.

—*Before Stephan shot us, he was covering with oil this paintings.*

Anca se levantó del asiento y vio las fotos. Ella y Roland se miraron. Anca caminó por la sala nerviosa, casi emocionada. Roland me miró y no supe cómo descifrar su mirada. Me sentía estúpido. Algo estaba sucediendo justo ahora, incluso provocado por mí, pero no sabía qué era.

Anca volvió a hablar con Roland en Alemán. Cuando Anca terminó, Roland respondió tajante, estrechó su mano fuertemente. Luego se volteó a verme con una mirada que no le conocía y dijo.

—Tenemos que entrar a ese taller esta noche.

Eran casi las cinco de la mañana.

—Vayan a descansar —dijo Roland, y nos llevó a la habitación de huéspedes, palmeó mi hombro y cerró la puerta. Anca y yo nos metimos en el baño. Necesitábamos que el agua lavara nuestros cuerpos.

—*Do you know what's going on?* —Anca era una mujer dura. Se notaba que había sufrido y también tenía una ternura inmensa. Me lavó las heridas lentamente. Curó mis labios con los suyos. Igual calmó el dolor de mi cuello, del pecho...

—*I think so* —mentira, no tenía idea qué sucedía. Anca sonrió incrédula pero amable.

—*Stephan and Leandro have stolen art works.*

—*Please, Anca, tell me who are you?* —no quería sentirme engañado por ella, tan solo por ella. Los demás eran falsos y yo un estúpido egocéntrico.

—*I am someone who knows you are good and is protecting you.*

—*What do you want from me?* —Anca era Adele Broch Bauer en su mejor retrato: hermosa, fría, indescifrable.

—*I don't want anything from you, you already gave me everything I needed* —Anca besaba levemente mi cuerpo.

—*Your friends have art stolen by the nazis* —le susurraba a mi piel lo que no quería decir a mis oídos.

—*You are good man, Joaquin. I knew it since the day we met, when you helped that old man and I confirmed it the next day* —unas palabras las decía a mi pezón izquierdo, más emocional que el derecho—. *When I cleaned your house, I registered all your belongings, I found your birth certificate, your university degree. I read the messages that your writers fellows left in the books of your library* —dijo ante mi ombligo trasnochado.

—*I read the poems you wrote for Alicia and I felt envy* —confesó a mi avergonzado pene que se despertaba de un violento letargo.

Anca y yo nos diluimos lentos en un litigio de besos sabor a hierro, de abrazos con hematomas, de placeres incautos y mentiras europeas. Me sentí al mismo tiempo querido y estúpido. Más estúpido, por supuesto.

Al terminar de bañarnos le dije a Anca que conocía a un periodista investigador experto en el expolio nazi, y que quizá nos podría ayudar.

—*What is his name?*

—Néstor Feliciano.

Néstor era parte de la fundación GABO y justo el día de la expo de Leandro yo había estado en su despedida antes de que regresara a París. Le mandé un Whatsapp. En París serían casi las dos de la tarde: "Hola, Néstor. Soy Joaquín, de Oaxaca. Tengo algo respecto a tu tema de investigación que te podría interesar". Y esperé a que se comunicara. Tardó menos de cinco minutos en responder. "Sí. Me interesa. No hay que comunicarnos por aquí. Mejor llámame al 011 33 620 945 863. No me llames de tu móvil".

Anca me dijo que su línea era segura, así que llamé a Néstor.

—Hola, maestro, ¿cómo estás?

—Ni mal ni bien. Ya sabes tú cómo es el frío en París, y por más que haya pasado tantos inviernos aquí, uno no deja de ser caribeño. Pero dime, tú, ¿qué me querías contar?

Le dije que en el taller de un pintor mexicano habíamos encontrado cuatro o cinco cuadros que según una amiga eran del expolio nazi.

—También, encontramos listas con números e iniciales, contratos y recibos. Es mucho dinero.

—Claro, ¿qué tú creías? El mejor arte del mundo, pa'l Führermuseum. Pero bueno, bueno. ¿Es verdad lo que dices? ¿Puedes probarlo?

—Ahora te mando las imágenes.

Adjunté las fotos que había tomado la noche del tiroteo.

—¿Las recibiste?

—Ahora las miro —no habían pasado dos minutos cuando Néstor reaccionó.

—¡Diantre! Sí, chacho, parecen pinturas de... Emile Nolde y las otras de Otto Dix. ¿Dónde las encontraron?

—En el taller de un pintor oaxaqueño.

—Mira que ese pintor va pa' la cárcel.

—No creo. Lo envenenaron hace unos días.

—¡Qué carajo! Es que esto es serio. A ver, dime, ¿qué tú quieres?

—¿Puedes investigar sobre Leandro Helguera y Stephan Beauregard entre 2014 y 2021?

—Nunca he escuchado esos nombres en veinte años de investigación. Chequeo y te digo en estos días.

—No tenemos tiempo, maestro. En la madrugada nos atacaron. Tenemos poco tiempo.

—¿¡Cómo va a ser!? Dame un chin. Pero te digo, Joaquín, cuidao' que los pueden pillar. Son negocios millonarios y un latino no les va a cerrar el chinchorro.

Colgó. No había nada más que esperar.

El teléfono de Anca sonó la tarde de ese día, como a las seis, después de comer. El identificador de llamadas sólo marcaba asteriscos. Anca respondió en francés y me pasó el teléfono. Era Néstor. Me sorprendió su llamada a esa hora, en París sería de madrugada, como la una, y sabía que no le gustaba desvelarse.

—Hola...

—No digas mi nombre... Chacho, están en muy graves problemas.

—¿Qué tan graves?

—Viajé namá' pa' llamarte desde una estación de tren, con un telefonito que acabo de comprar, ¿qué opinas, así de grave? Hasta yo estoy en peligro.

—¿De plano?

—¡Hombre! No estamos jugando.

Néstor estaba realmente alterado. Era un señor mesurado y acostumbrado a la investigación minuciosa y profunda, así que me preocupaba su preocupación.

—Ese pintor mexicano, Leandro, era un buscón, un oportunista, un paria. Vivía en un departamento cerca de la Torre Eiffel, al garete. Estaba juquiao, loco por la cocaína, agresivo. Hacía muchas fiestas en su departamento hasta que le rompió la nariz a un diplomático francés que se quejó, y expulsaron a Leandro. Algunos meses durmió en estaciones de tren, hacía caricaturas y pintaba en bolsas que sacaba de la basura. El gobierno de México no le pagó ni el ticket de regreso. Hasta que conoció a Marianne Dupont, Mimí, lo único bueno de su viaje. Una francesa de buena familia, residente en Ginebra. Se enamoraron y en menos de dos semanas se fue a vivir con ella y de ella. Y se pone buena la cosa, chacho. Uno creería que con el cuero, el cash y el lar estaría feliz, pero na', el tal Leandro era ambicioso y encontró a alguien igual: Stephan. Stephan, ¿cómo me dijiste su apellido?

—Beauregard.

—Na' que ver. El apellido de Stephan era Gurlitt. ¿Te suena?

—No.

—Es que eres tonto, Joaquín, no pusiste atención en mi conferencia, por eso te metes en estos líos. Gurlitt, Hildebrand Gurlitt, fue uno de los principales marchantes de Hitler. Del 38 al 45 reunió arte para el Führermuseum. Furgones con pinturas, esculturas, joyería, arte utilitario... Más de seiscientas mil obras roba'as o compra's bajo amenazas. Tenían lo mejor de lo mejor, chacho: Leonardo, Rembrandt, Rafael, Rubens, Vermeer, Durero... Pero resulta que Hildebrand Gurlitt tenía ascendencia judía y le gustaba el arte degenerao'. Tenía buen gusto, así que también reunió obra de Picasso, Schiele, Klimt, Kokoschka, Klee, Nolde, Dix y muchos más. Ganó mucho dinero. Y esto se pone un chin mejor. En 2013, de chiripa, luego de un viaje a Suiza, Cornelius Gurlitt, de ochenta años, hijo de Hildebrand, fue descubierto con casi dos millones de euros en efectivo, mientras viajaba en tren de regreso a Alemania. El agente avisó a la policía y catearon su departamento en

Múnich y una casa en Salzburgo. No te imaginas, chacho, el tesoro que encontraron: más de mil quinientas pinturas, litografías y esculturas. Más de mil millones de euros, chacho.

—(Silbido)

—Así es, mucha plata. Mucha gente muerta, mucha traición. Pero bueno, resulta que en la casa de Salzburgo, Cornelius tenía un ama de llaves francesa, Helen, y con ella tuvo un hijo, adivina quién.

—Stephan.

—Vaya, chacho, te estás espabilando. Pero su nombre no es Stephan, es Rudolph, Rudolph Gurlitt, o debió ser, porque nunca fue reconocido. Está registrado como Rudolph Beauregard. Cuando Cornelius se enteró del embarazo de Helen la despidió. Helen tuvo a su hijo en Nantes. El niño creció sin conocer a su padre y siempre usó el apellido de su mamá. Cuando Rudolph o Stephan cumplió dieciocho, en 2001, se fue a Europa del Este. Se enroló en los conflictos en Ucrania y Crimea después de la guerra de la ex Yugoslavia. Estaba tostao, muy violento. Nama' regresó a Nantes en 2012 porque su mamá se estaba muriendo. Ella le dio el nombre del padre, quién era y dónde podía encontrarlo. Rudolph fue a verlo. Cornelius ya era viejo y estaba enfermo. Lo rechazó, pero lo mantuvo vigilao'. En 2014 el viejo murió y Rudolph heredó algunas bodegas en el puerto de Ginebra ¿Sabes qué tenían?

—No.

—Chacho, tienes que ser más imaginativo. Tampoco yo sé qué habrá heredao', pero seguro no era un fiasco.

Observé detenidamente las fotos de Stephan pintando sobre los cuadros antiguos, la superficie brillosa de las obras de arte siendo cubiertas por plastas de óleo: la trampa ante la vista de todos. La pintura de Leandro, Leandro mismo, no valían por su arte sino por sus conocimientos técnicos para ocultar, bajo gruesas capas de óleo, los cuadros expoliados. Alistaba las obras para pintar sobre ellas y luego despintarlas con algún solvente que sólo él debió conocer. Por eso, las pinturas de Leandro eran tan caras y él, necesario para la transacción.

—Otra cosa, Joaquín, las listas que me mandaste son de obras del expolio. Las letras son el nombre de las colecciones: GRC significa Gary Rosenthal Collection, RFC es Rothschild's Family Collection, AES Aghate y Ernst Saulmann. Los números son los folios de la obra expoliada. El tal Stephan debe tener más obras de las que encontraron en Múnich y Salzburgo. También, me enteré que además de las drogas y el dinero, otra debilidad de Leandro eran las mujeres, chingotear como enfermo, y se metió con la equivoca'a. La esposa de un empresario militar gringo que vive en Nueva York, una modelo sudafricana.

¡La pantera!

18

LOS CUADROS

Me desperté del denso sueño químico y caminé hacia la sala. Anca y Roland estaban listos. Eran poco menos de las tres y salimos al frío de la madrugada. Anca y yo subimos a una vieja Combi, ella en el asiento del piloto, yo en la parte de atrás. En la camioneta había herramientas de herrería, un par de viejos rifles de asalto, dos pistolas y una máquina rara. Roland abrió una de las hojas del gran portón de metal y Anca encendió la camioneta, que para mi sorpresa estaba bien afinada, otra de las habilidades de Roland.

Al subir a la Combi, Roland empezó a hablar con Anca en Alemán. Se le notaba entusiasmado, a punto de iniciar una aventura.

—Con estas bellezas entraremos a donde sea —me dijo Roland al notar que estaba asombrado. No supe si se refería a las armas, a la máquina rara o a todo—. Es una cortadora de plasma de doble flujo —no mencionó las armas.

—Toma, un regalo —Roland extendió sus manos hacia mi casi reverencialmente, sosteniendo una pistola bonita pero vieja—. Es una Luger P8 nueve milímetros. Cuídala y ella cuidará de ti.

No supe qué decir ante un regalo así. La tomé y la metí en la parte trasera de mi pantalón.

Al llegar al complejo fabril, Anca encontró una cueva hecha por una enredadera que cubría un par de árboles secos. Ahí escondió la camioneta.

Roland bajó la máquina rara y empezó a rodear el taller. Encontró un agujero como de cinco centímetros en una esquina y encendió la máquina: el electrodo se calentó en un par de minutos. Era una punta incandescente que cortó la lámina hasta hacer una abertura en la que cabíamos los tres. Anca y yo entramos con las lámparas encendidas mientras Roland regresaba la máquina a la Combi.

—*What are we looking for?* —pregunté.

—*The paintings.*

Fuimos hacia la carpintería. Había otros lienzos, unos veinte, recién pintados. ¿De los nazis? Me quedé pasmado. Anca también. Así estábamos cuando un grupo de seguridad, armado, entró al taller y encendió las luces.

—Hola, Anca, Joaquín. ¿Extraviados otra vez?

Stephan cortando cartucho junto a tres tipos con rifles de asalto.

—Tiren esas lámparas, por favor, no son necesarias. Y, esta vez, le voy a pedir a tu niñera que me entregue su juguetito.

Uno de los tipos se acercó a Anca y la desarmó. A mí, me ignoraron. Stephan caminó hacia nosotros y golpeó a

Anca en la frente con la cacha de la pistola. Quise pegarle pero me colocó una patada en el estómago. Anca y yo estábamos tirados en el piso cuando escuchamos:

—¡No se levanten!

Roland disparó uno de los rifles de asalto desde donde habíamos entrado. Stephan y sus tres acompañantes contraatacaron. Ayudé a Anca a arrastrarse hacia una pared de la nave. Olía a pólvora quemada y sentía que las balas pasaban cerca de nosotros. Roland se había parapetado tras unos barriles. Disparaba sin dejar de apretar el gatillo. Anca estaba aturdida. Nos levantamos y protegimos detrás de una columna. Las balas chocaban contra la prensa litográfica, contra los sillones del lobby y los óleos... Caminamos hacia Roland. Él gritaba algo, pero el ruido de las ráfagas cubría todo. Hasta que puso la mano en forma de ele, como una pistola. Recordé su regalo. Saqué la Luger. Ví de lado a uno de los guardias de Stephan. La visión era clara. Sostuve la pistola con las dos manos, la subí a la altura de mis ojos y disparé. Sentí un empujón hacia atrás. Vi el estallido. La ojiva saliendo del cañón. Girando a mil revoluciones por minuto. Silbando. Impactando la testa del tipo. Manchando todo alrededor. *Action painting*. Anca y yo alcanzamos a Roland. Ella tomó uno de los rifles viejos y disparó.

—¡Ve por la camioneta! —me gritó Roland.

Acerqué la Combi lo más que pude al agujero que

había hecho Roland. Abrí la puerta corrediza y Anca subió primero, aún con la frente sangrando. Roland siguió disparando hasta que no se escuchó ningún tiro más. ¿Lo mataron? Metí primera y arranqué lento.

—¡Acelera, Joaquín, lo más que puedas! —El viejo salió de entre la hierba y saltó hacia la Combi en movimiento.

—¿Estás herido?

—No, pero uno de ellos sí.

La Combi respondió bien. Primera para el arranque, segunda tensa, tercera y empezamos a escapar del taller de Leandro.

Entonces, una Acadia negra. Ocho cilindros tras nosotros.

—¡No dejes de acelerar!

Metí el pie lo más que pude hasta llegar a una cuarta que no daba seguridad de fuga.

Anca empezó a disparar hacia la camioneta. Roland también. Las balas impactaban en la Combi.

—¡Putamadre!

—¡Cálmate, Joaquín! Si no haces lo que digo nos van a matar —Roland no sabía cómo calmar a alguien.

—Acelera y ve hacia la entrada. Cuando estés cerca da un volantazo lo más brusco que puedas. Tienes que voltear la camioneta para bloquear la entrada. Escóndanse en mi casa. Hasta el fondo hay un búnker.

Volteé. Roland y yo nos vimos a los ojos una fracción de segundo. No había dudas en él. Se quitó los calcetines y se los dio a Anca. ¿Eso significa suerte en alemán?

—¡Acelera! —Noventa y tres kilómetros por hora, noventa y ocho, cien, la Combi vibraba, 105.

—*Hold on!* —. Volantazo.

La camioneta giró y se deslizó sobre el asfalto varios metros, hasta chocar contra la columna de la entrada del complejo fabril.

No hubo más disparos por algunos segundos.

—¿Están bien? —susurró Roland.

—Creo que sí. *Anca, are you ok?*

—*I'm fine, I'm fine* —dijo mientras se quitaba sangre del rostro. Yo también sangraba de la frente.

—Tienen que salir de aquí. Caminen por el arroyo seco que pasa atrás de mi casa. Van a ver una reja —y le dijo a Anca algo en Alemán.

Escuchamos los pasos de una persona acercándose a la camioneta. Cerca, más cerca.

—¡Ahora! —dijo Roland, asomando medio cuerpo por la puerta lateral de la Combi, y empezó a disparar. Anca y yo huimos hacia el arroyo seco. No supimos más de Roland.

19

UnA eSFeRA ROJA Que explOTA

Caminamos casi una hora por el cauce arenoso y contaminado del arroyo hasta llegar a la parte trasera de la casa de Roland. Encontramos un tubo de desagüe pluvial con una gruesa reja de hierro y un candado. Anca escaló el borde del cauce entre los matorrales, hacia el muro de cantera verde. Aflojó una piedra que se veía levemente salida. Ahí estaba la llave.

Nos metimos gateando hasta ver una tapa de alcantarilla sobre nosotros. Anca la empujó y pudimos salir. Los weimaraner nos rodearon a la defensiva y Anca sacó de su pantalón los calcetines de Roland. Los extendió hacia la nariz de los perros y dio algunas instrucciones en Alemán. Eran las primeras palabras que alguno de los dos pronunciaba. Los perros chillaron y movieron sus colas. Nos sentamos sobre el césped y los acariciamos por un momento. El patio era una explanada donde el pasto silvestre crecía junto a cacharros viejos de metal apilados en distintos lugares. Anca tenía sangre seca en la frente y en algunas partes del cuerpo. Yo sabía que estaba golpeado y me sentía agotado, pero la adrenalina sedaba el dolor, al menos físico. En mi mente sólo había una imagen: la cabeza del hombre atravesada por la bala, su cuerpo cayendo lánguido inmediatamente, como si lo hubieran desconectado. Maté a alguien. Sentía crecer dentro de mí el desasosiego profundo de la culpa, también la ausencia química de la cocaína que anticipaba un desastre. ¡Necesito unas rayas! Empezaba a descomponerme mentalmente.

No vimos ningún búnker hasta que revisamos las perreras. La tapa de una falsa cisterna ocultaba una habitación. Para llegar a ella descendimos por una escalera incrustada en la pared. Al encender la luz quedé asombrado. Había anaqueles repletos de latas de comida, barriles con agua potable, herramientas, ni idea para qué servían la mayoría de ellas. Y también había rifles de asalto, algunas pistolas, cajas de balas sueltas y de carrilleras, todo se veía viejo. Hasta Anca se sorprendió.

—*We could rescue Roland with this* —dije.

—*Yes, but we can't help him like this* —es verdad, estábamos extenuados—. *I will ask for backup. Meanwhile we have to rest.*

Anca llamó y dejó un mensaje. Dijo algo que parecía urgente y severo. También buscó agua destilada, alcohol, gasas y otras cosas. Nos lavamos el rostro y limpiamos las heridas del otro.

—*What is going to happen, Anca?* —quise escuchar algún plan, algo que me diera confianza.

—*I don't know. We have to wait.*

Extendimos un par de catres y nos recostamos de lado, mirándonos a los ojos. Los Yves Klein, antes agrietados por la mariguana, ahora parecían deslavados por la incertidumbre. Anca cerró los ojos varios minutos mientras yo sentía que mi columna crecía hasta perforar mi cráneo: la ausencia química.

Anca abrió los ojos lentamente, me miró y extendió su mano izquierda hacia mi frente y quitó una hebra de mi cabello.

—*I'd rather met you in other circumstances* —dijo.

Me levanté del catre. Por más que apretaba la mandíbula no podía contener la ansiedad. ¡Necesito unas rayas!

—*Me too, Anca* —dije caminando de un lado hacia otro del búnker. En ese momento no sabía si era cierto, quizá hubiera sido mejor no habernos conocido.

¿Cómo estará Roland? Sentía la yugular latiendo en el cuello. ¿En qué lo metí? Ese dolor agazapado en mi interior ahora abarcaba todo el cuerpo y mente. Estaba seguro que las latas y herramientas de los anaqueles se lanzarían sobre mí hasta dejarme inconsciente. Caerían más y me romperían los huesos, la piel... Me llevé las manos a la cabeza. ¡Aghhh! Imaginé mis entrañas esparciéndose por el búnker.

De pronto, los perros empezaron a ladrar. Anca se

levantó. Tomó un rifle de asalto y me dio otro. También tomó una pistola y la metió en la parte trasera de su pantalón.

Los ladridos duraron unos segundos antes de escuchar ráfagas y aullidos. Estaban acribillando a los weimaraner. Una esfera roja explotó en mi pecho. Subí la escalera y empecé a disparar apenas abrí la tapa del búnker.

—¡No, Joaquin!

Salí y me protegí detrás de las perreras. Anca también salió del búnker disparando y se fue hacia el otro lado del jardín. Stephan venía sólo con una persona más.

La situación transcurría fugaz pero ahora sí podía intervenir. No tenía miedo. Me arrastré sobre el césped para acercarme a Anca. Stephan y su guardia le disparaban cada vez más cerca. El sonido era irreal. Parecían dos claves de madera chocando a veces rítmica, a veces arrítimicamente. Desde el césped, dirigí el rifle hacia ellos lo mejor que pude. La ráfaga impactó cerca, lo suficiente para que Stephan se apartara de Anca y dirigiera sus disparos hacia mí. Se ocultó tras el chasís de un auto, y desde ahí acometió. Anca disparaba tras un árbol hacia el guardia de Stephan. Yo pude caminar para tomar otra posición y defenderme. Estaba llegando a un tractor oxidado cuando vi a Anca caer sobre la hierba.

—¡Noo!

Regresé hacia ella corriendo y gritando.

—¡¡Anca!! —Odié al mundo, a la vida, al cosmos. Disparé al guardia.

Antes de que cayera, el cuerpo del tipo se sacudió más de diez veces por las balas. El rostro deforme, la sangre brotando de su abdomen... Entonces, sentí algo caliente empujándome muy fuerte desde atrás. Caí dando un giro. Quedé tendido sobre la hierba. Una mancha tibia enrojecía mi pecho. Su humedad bajo mi espalda. Vi el celaje inmenso. Las nubes alargadas como escamas de un pez gigante. Olor a tierra mojada. En algún lugar debe estar lloviendo, pensé. Era feliz. Sonreí. Pero el rostro de Stephan irrumpió en mi campo de visión. De su boca salían palabras ininteligibles. Empujó mi cuerpo con su pie y... saqué la Luger. Uno, dos, tres, cuatro... el macho cabrío desplomó sobre mí su uno noventa de servilismo y negocios raros. Las vísceras floreciendo a borbollones. Su sangre entibiando mi cuerpo. Volteé: Anca seguía sobre la hierba.

20

Despertar

Tardé algunos segundos en acostumbrarme a la luz. Estaba conectado a una máquina que piaba al ritmo de mi corazón. Huele a strudel de manzana. Sonreí al imaginar el hojaldre crocante, con azúcar y polvo de canela derretidos. Sentí campanillas tintineando sobre mi rostro.

—¿Te sientes bien?

La voz era extraña y familiar al mismo tiempo.

—Hola, Joaquín.

Abrí un poco más los ojos e hice un esfuerzo por enfocar. ¿Anca?

—Saliste del quirófano hace poco más de dos horas. Aún estás bajo el efecto de la anestesia.

La voz de Anca en español era distinta de la que me había enamorado. Parecía que alguien doblaba sus palabras en tiempo real. Tenía el brazo derecho sobre un cabestrillo y junto a ella había dos tipos trajeados que me miraban inquisitivos.

—¿Quiénes son?

—Son agentes especiales.

La máquina comenzó a piar más rápido.

—¿Quién eres, Anca?

Ella inhaló y exhaló casi hastiada, y apuntó sus Yves Klein hacia mí.

—Anca significa *Anti-theft National & Corporate Agency*. Hace dos años descubrimos que Stephan y Leandro lavaban dinero de empresas de Europa y recientemente de Estados Unidos. Stephan era importante en la cadena pero no sabíamos por qué, tampoco sabíamos cómo lo ayudaba Leandro hasta que tu amigo periodista reveló el origen de Stephan y tu lo viste pintando.

—¿Cuál es tu nombre real?

Anca rió condescendiente.

—Sabes que no te voy decir.

Los Yves Klein tornaron tiernos y amenazadores.

—Por favor, Joaquín, necesitamos tu declaración.

Me rehusé a hablar.

Anca me acarició la frente. No tenía sentido negarme.

Empecé a contar la historia mirando a Anca un poco con tristeza, un poco con amor:

—"¿Qué une más a dos individuos de naciones distantes, diferentes idiomas y color de piel..."

Cuando terminé de relatar, los dos agentes caminaron hacia la puerta de la habitación y se quedaron haciendo guardia mientras Anca volvía conmigo. Pero hubo un detalle que cobró otro sentido: Isi saliendo de la oficina de Leandro antes de ser envenenado. Fueron unos segundos. Recordé que en su rostro no vi lágrimas. Por los gritos de Leandro asumí que Isi estaba llorando y se secaba con la manga derecha de la camisa. ¿Por qué no se secó con el dorso de la mano? Es un movimiento más natural. ¿Qué estaba limpiando realmente?

—Vayan a casa de Isi, vive en… —dije casi gritando.

—Fuimos ayer. Era sospechosa. Ella fue la única que se escondió después de la muerte de Leandro, sólo sus sobrinos la ayudaron.

Reclamé:

—¿Qué pasó?

—Me hubiera gustado que estuvieras ahí —dijo como negativa a responder.

Miré a Anca con el ceño fruncido.

—¿Qué pasó con Roland?

—Está en este mismo hospital, aún no despierta, pero estará bien.

—Y, ¿Mimí?

—Las cámaras la grabaron dejando a Roland tirado afuera del hospital. Fue la última vez que supimos de ella.

—¿Qué más?

Anca, o como se llamara, me miró ladeando la cabeza, otra vez, negando una respuesta.

—Lo siento, Joaquín, el caso todavía sigue abierto —mientras hablaba tomó mi mano y discretamente puso entre mis dedos una micro SD—. No encontramos los cinco cuadros que descubriste en el taller de Stephan, pero estás fuera de peligro.

Me dio un beso y susurró:

—Ten cuidado.

Así, se fue de mi vida.

21

Micro SD

Salí del hospital al medio día del día siguiente, con el brazo izquierdo sobre un cabestrillo. Mi casa era una imitación de *El dormitorio en Arlés*. La depresión azulada escurría de las paredes, se encharcaba y se impregnaba en mis pies al caminar, subía por mi cuerpo hasta llegar al cuello y asfixiarme lentamente. Bienvenido a tu patética vida. Llegué al sillón de la sala y me desplomé. Qué ganas de romper la monotonía. Tomé una de las desipraminas que me habían recetado para el síndrome de abstinenciayagarré la tablet que estaba sobre la mesa de centro. Introduje la micro SD y un video se reprodujo automáticamente. Sobre la pantalla apareció un aviso:

Anti Theft National & Corporative Agency
Saturday 23, november.
Confession: Isidra Retana, aka Isi.

Isi sobre su cama, con el rostro y los brazos cubiertos de llagas. En las manos sostiene un pañuelo manchado de sangre.

"—... después llegó la policía. Me interrogaron casi hasta las cuatro. Cuando salí del museo tenía más de cien llamadas perdidas y mensajes: insultos, amenazas, demandas..."

Isi tose y la mano de Anca se extiende hacia ella con un vaso de agua. La imagen se mueve. Anca debía tener la cámara a la altura de su pecho. ¿Un botón? ¿El dije en un collar?

"—Mientras caminaba pensé huir, en suicidarme... de pronto, un auto blanco se detuvo junto a mí."

El Maserati.

"—Me asusté, pero era una de las coleccionistas de Leandro, una mujer muy sofisticada. La había conocido en la expo. Me invitó a subir, pero no podía dejar de llorar. Ella se bajó, me dijo *No te preocupes, todo va a estar bien*, tomó mi mano y me ayudó a subir."

La voz de Isi temblaba al contar que mientras el chofer manejaba por el Cerro del Fortín, la coleccionista trataba de calmarla.

"—Le conté de las demandas, que no tenía dinero para pagar... ella me dijo que me ayudaría. Cuando volteé a verla me propuso envenenar a Leandro. Reí porque pensé que era una broma. Pero ella se quedó seria y me ofreció un millón de dólares, la mitad en ese momento, y abrió su bolsa para mostrarme los billetes."

Isi dice que nunca había imaginado tanto dinero. No tendría que huir ni suicidarse, así que aceptó. Sólo debía romper un diminuto sobre encima de alguna bebida.

"—Pensé que sería fácil."

Isi empieza a llorar.

"—Al día siguiente fui al taller de Leandro y vacié el veneno en un whisky."

Isi sostuvo el sobre con la mano izquierda y con la derecha lo rasgó. Tembló, y al hacerlo esparció el veneno sobre el whisky pero también sobre su mano, y le dio la bebida a Leandro.

"—Yo   lo   maté."

Confesó ante Anca.

Isi tose y escupe una mancha roja sobre su pañuelo. Una joven entra a la habitación y le limpia el rostro, le da otro pañuelo y acomoda las almohadas del respaldo. ¿Por qué Isi había mentido? El último whisky que tomó Leandro fue el que sirvió Mimí. La joven dice a Isi algo en triqui.

"—Nada —responde Isi, y pregunta a Anca si quiere algo de tomar. Anca dice que no y la joven sale.

"—Debes pagar por la muerte de Leandro."

"—Me estoy muriendo —responde Isi resaltando lo obvio.

Anca pregunta:

"—Hace unos días robaron unos cuadros del taller de Leandro, ¿sabes algo?"

La joven vuelve con dos vasos con agua.

"—¡Luna, te dije que no quería nada! "—Isi alza la voz y sigue el regaño en triqui. Después, pregunta a Anca:

"—¿Se robaron cuadros de Leandro?"

"—No. Unos más valiosos."

Antes de salir de la recámara, Luna voltea a ver a Anca al rostro, dejando ver una cicatriz larga en la mejilla izquierda.

El video se corta después de dos minutos con treinta y cuatro segundos, cuando Anca se levanta y sale de la habitación.

Además del video, en la micro SD había fotografías y documentos en PDF. Uno se llamaba "transcripción".

CASE: 2021/OAXMX8620-42/FR03
OFFICE: 257 Rappange Makelaardij BV, Ams.
CLASS: Mayor crime.

Traduction and stenographic version
November 17, 2019.
Agent 972

13:18	[Motor acelerando]
13:19	ANCA: Ciao, Joaquín, regreso en una hora, máximo en tres, necesitamos relajarnos [risas].
13:20	Marianne Dupont: [risas] ¡Muy bien, Anca! Eres una chica ruda, ¡uy! Me gustas.
13:21	A: [risas]
13:21	[Motor acelerando]
13:22	A: Por fin solas. ¿Un café?
13:22	M. D.: Vamos. Necesito pensar en otras cosas. Sigue derecho, yo te digo cuándo girar.
13:23	A: Ok.
13:23	[Motor acelerando]
13:24	M. D.: Joaquín y tu van bien, ¿no?, o ¿estás siendo amable con él? [risas]
13:24	A: Es inofensivo. Además, me gusta su piel morena, el cabello ondulado y, sabes, no es malo en la cama.
13:25	M. D.: Uy, qué sorpresa. Siempre he pensado en Joaquín como un pequeño cóquer.

13:25	A: Yo estoy harta de los hombres que se creen el centro del mundo.
13:26	M. D.: Uff. Dímelo a mí.
13:26	[Ruido de motor acelerando]
13:28	A: ¿Realmente, Leandro era así?
13:28	M. D.: ¿Cómo?
13:29	A: En el banco donde trabajo dicen que era un genio, que…
13:29	M. D.: Uff, la la la, la misma canción…, era un simio. La gente debería saber que era un simio. Sin talento, sucio, vulgar… ¿Qué? ¿Por qué me ves así? Es verdad, tú no lo conociste. Sabía hacer dinero, pero nada más.
13:30	A: ¿Nunca te preguntaste por qué tenía tanto éxito?
13:30	M. D.: No sé de arte, son cosas que sirven para adornar la casa y ya. Nunca entendí por qué la gente pagaba tantos euros por unos rayones y para ser franca, querida, no me importaba mientras la pasáramos bien.
13:31	[Ruido de motor acelerando]
13:33	M. D.: Uy, no aceleres tanto, estamos cerca. La siguiente esquina a la derecha. Es un lugar divino.
13:34	[Sonido de freno. Sonido de freno de mano]
13:35	M. D.: En este café hacen su propio pan, está riquísimo, y además…
13:35	[Sonido de puertas abriendo]
13:36	M. D.: [Inaudible]… y tienen aire acondicionado.
13:37	A: Bueno, eso no me importa mucho.
13:37	M. D.: No te parece horrible este calor. A mí, el calor de Oaxaca me exaspera. No lo soporto.
13:38	A: A mí, me gusta. Me recuerda a Lumina…
13:38	[Sonido de puertas abriendo y cerrando]
13:39	M. D.: ¿Es donde naciste?
13:39	A: Sí, frente al Mar Negro.
13:40	M. D.: Aughh, eres una sentimental. Yo prefiero ser del mundo…

13:40	Mesero: Bienvenidas, señoritas. ¿Mesa para dos?
13:41	M. D.: Sí, por favor.
13:41	A: El calor me recuerda a la playa.
13:42	Mesero: Por aquí, por favor.
13:43	M. D.: La playa me pone roja. Me gusta más estar en el lado bueno del mundo: sin calor y con comodidades.
13:44	Mesero: En un momento más las atienden.
13:44	A: Gracias.
13:45	A: Pero, si no te gusta Oaxaca, ¿por qué vivir aquí?
13:45	M. D.: Uff, para salvar el negocio, querida, Leandro sabía hacer dinero pero más, gastarlo.
13:46	A: Pero…
13:46	Mesero: Hola. Soy Alan y seré su mesero. Les dejo la carta y en un momento vuelvo.
13:47	M. D.: Aquí, el café es buenísimo, también el pastel de chocolate.
13:48	Y, ¿Stephan?
13:48	M. D.: Otro simio, querida. Una pequeña belleza como tú debería saber cómo son los hombres…
13:48	A: ¿Cómo son?
13:49	M. D.: Son simios, ya te dije: primitivos, sólo se preocupan por saciar sus necesidades básicas: comen, cogen, hacen negocios y todo es por poder.
13:49	A: Y, ¿no te molestaba eso de Leandro
13:50	M. D.: Bueno…, un poco, quizá. Solo lo necesario… ya viene el mesero. ¿Sabes qué quieres?
13:50	Mesero: ¿Tomo su orden?
13:51	M. D.: Dame un café largo.
13:51	Mesero: ¿Americano?
13:52	M. D.: Nunca me acostumbraré a ese nombre. Sí, así es.
13:52	Mesero: ¿Para usted, señorita?
13:52	A: Un té negro, por favor.
13:53	Mesero: Enseguida.

| 13:53 | M. D.: Gracias. |

13:53   M. D.: Gracias.

13:54   A: ¿Lo dices de verdad?

13:54   M. D.: ¿Qué? ¿Lo de Leandro? Él y Stephan eran como adolescentes, querida. Cualquiera con un buen culo los podía manejar. Tú, por ejemplo, le hubieras gustado a Leandro.

13:55   A: ¿Ah, sí?

13:55   M.D.: [sonido de sorbo] Estoy segura. Hubieras podido ganar dinero siendo su amante.

13:56   A: Pareces divertida.

13:56   M. D.: Claro. Leandro era ordinario. Pensaba que yo no sabía de sus noviecitas y que solo él podía liarse con mujeres. Conocí a varias de sus novias y algunas también estuvieron conmigo [risas].

13:57   A: Hablas como si no lo hubieras querido.

13:57   M. D.: Claro que lo quería. Pero el amor cambia. Y Leandro cambió mucho…

13:58   A: ¿Por Stephan?

13:58   M. D.: Bueno…, Leandro sólo encontró un compañero de juegos. Los dos eran muy parecidos… Cuando Leandro me presentó a Stephan estaban golpeados y hasta arriba de coca.

14.05   A: ¿Golpeados?

14:08   M. D.: Cuando vivíamos en Ginebra, por el Monumento Brunswick, Leandro bebía mucho y pasaba las noches en los burdeles de la Rue des Pâquis. Una madrugada, escuché que Leandro se reía y hablaba jadeando. Cuando fui a la cocina lo ví con el labio sangrando y a Stephan con la nariz rota. Los habían golpeado y perseguido unos traficantes de drogas y a ellos les parecía gracioso. Puta.

14:35   M. D.: Dos días después la policía tocó la puerta para preguntar por ellos. Stephan tenía buenos contactos y no pasó más. Fue el primer problema que libraron juntos. Leandro había encontrado un compañero de juerga. Además, Stephan era marchante de arte. Creo que me puse celosa.

14:42	A: [Risas]
14:48	M. D.: De verdad, eran muy unidos…, hasta el problema con un americano, pero…
14:52	A: ¿Qué?
14:54	M. D.: Nada, querida. Como siempre…
15:02	Mesero: Aquí traigo sus bebidas.
15:07	M. D.: Gracias.
15:09	A: ¿Qué pasó?, me dejaste intrigada.
15:12	M. D.: Nada. Nos mudamos a Oaxaca.
15:15	A: Pero…
15:17	M. D.: Eres bella pero haces muchas preguntas, querida. Eso no le gusta a los hombres…
15:22	A: Quizá no me gustan tanto los hombres…
15:26	M. D.: Mmmm, qué interesante novia encontró Joaquín.

No sabía qué pensar. Volví a la micro SD. Había casi cien fotografías de la expo. También estaban las fotos que tomé de los cuadros y de Stephan pintando. Pero un par llamaron mi atención, sobre todo la última, en la que Mimí y La Pantera se veían más cercanas de lo que había notado.

El teléfono celular sonó. Era del hospital. Roland había despertado. La desipraminas estaba haciendo efecto, sacudí de mi cuerpo el azul de Arlés y busqué un taxi.

22

Ojalá sea morfina

Encontré a Roland de espaldas, sentado sobre la cama del hospital, mirando los cipreses tras la ventana. Estaba conectado a un monitor de signos vitales y a un respirador que, torpe, subía y bajaba. Volteó a verme mientras me acercaba. Su rostro era una ciudad bombardeada por la Luftwaffe. Su mano izquierda era un muñón vendado. Una manguerilla transparente clavada en la otra muñeca le suministraba una solución color ámbar. Ojalá sea morfina. Roland lloró y yo me sentí culpable. No sabía si abrazarlo hasta que él lo hizo. Lo rodeé con mi brazo derecho y lloró algunos minutos sin decir una palabra.

—Perdóname, Roland —dije mientras me apartaba.

Roland permaneció callado.

—No sabía que todo esto tenía que ver con los nazis —dije.

Busqué el perdón en sus ojos pero no me devolvió la mirada.

—Yo sí —susurró.

Lo vi con asombro.

—Anca me contó que era una agente encubierta.

Necesitaba ayuda porque estaban en peligro y sus refuerzos no respondían. No le creí, entonces me contó de Stephan y de Leandro, vi los documentos, tus fotos..., no mentía. Sabía que esto era peligroso, Joaquín.

—Pero, entonces, ¿por qué...?

—Los rumores de El Chato son ciertos.

Roland hablaba lento, sin hacer contacto visual, prefería ver la fila de cipreses tras la ventana, al ritmo del viento leve. Quizá quería estar solo.

—Me voy, Roland.

—Espera, Joaquín. Quisiera estar acompañado, si no te molesta.

Miramos juntos los cipreses. Su vaivén era relajante, predecible. En casi dos semanas mi vida había cambiado, pero Roland se había llevado la peor parte.

Cuando volteó me descubrió mirando su mano.

—Me queda el pulgar —dijo resignado, levantando el muñón—. No pude retener a Stephan y a sus guardias mucho tiempo. Me arrastraron hasta la carpintería y amarraron a una columna.

Otra vez, Roland prefirió mirar hacia los pinos.

—Uno de los guardias registró la Combi. El otro me sostenía mientras Stephan me golpeaba y hacía preguntas.

El monitor de signos vitales aceleró su ritmo.

—Stephan me cortó la frente con una navaja y preguntó dónde estaban ustedes. Le dije que no sabía pero continuó...

Roland soportó lo más que pudo.

Una nota de aceite en la Combi reveló la dirección de Roland y Stephan salió a buscarnos. Sólo un guardia se quedó con Roland.

—Poco después de que Stephan se fue, escuché que llegaba un vehículo. Pensé que eran ustedes...

—Perdón, Roland, nosotros...

—Era un motor de ocho cilindros, tal vez un camión de carga. La puerta de la carpintería estaba entreabierta y vi al guardia cortar cartucho y gritar: *¡alto!*, pero una voz con acento francés hizo que bajara el arma. En ese momento dispararon al guardia varias veces.

—Vi a cinco personas pasar frente al cuerpo, el último lo pateó y dijo algo, los demás rieron. Era el único que tenía un arma, un AK viejo. Hablaban el idioma de Ayuri. Sólo reconocí las palabras "pinturas" y luego "armas". Pensé que no me verían, la abertura de la puerta no era muy grande. Me quedé sollozando. Las personas subieron al camión cuadros, marcos, todo... Cuando se iban, el tipo que pateó el cuerpo volteó hacia la carpintería. No sé si me escuchó, pero abrió la puerta. Sacó un machete y grité lo más fuerte que pude. Entonces, una joven con una cicatriz en la cara entró a la carpintería y le dio una cachetada. Lo regañó en triqui y se fue. El tipo cortó la cuerda con la que estaba amarrado, me dijo que me había ayudado y ahora quería "que le echara una manita". Me jaló el brazo izquierdo y dio un machetazo. Lo último que recuerdo fue que una mujer peliroja me ayudó a subir a su carro y me dejó en la entrada del hospital. Si no hubiera sido por ella estaría muerto.

En triqui el sujeto siempre está presente en la oración. Los hablantes deben decir el nombre de quien se dirigen. Pregunté a Roland:

—¿Recuerdas los nombres de esas personas?

—Lino y Luna.

Dije a Roland que debía ir a una consulta médica y salí del hospital.

23

DIAMANTes y JAZMín

Desde el asiento trasero pedí al taxista que condujera lo más rápido posible. Los recuerdos golpeaban mi rostro como el viento: Rigoberto golpeándome y diciendo: "Mi hermana me dijo que los cuadros de tu amigo valían mucho"; Mimí suplicando que investigara la muerte de Leandro: "Por favor, Joaquín, ayúdame"; Anca desconfiando en voz alta: "maybe she plays the fool"; Isi asombrada por la mujer sofisticada, envenenando un whisky que Leandro no tomó pero confesando: "Yo lo maté"; Mimí con la coleccionista en las fotos de la expo y su frase en la versión estenográfica: "conocí a varias de sus novias y algunas también estuvieron conmigo".

Al llegar a la casa de Isi la puerta estaba abierta. Miré hacia ambos lados. No vi a nadie cerca y entré a la casa. Aún se podía percibir un sutil aroma a jazmín y en la pequeña sala había algunos panfletos de la Insurgencia Triqui tirados en el suelo: "Libertad para Rigoberto Retana". En la cocina, platos enjabonados y de la llave del lavabo escurría un delgado filo de agua. Seguí registrando la casa. La cama de Isi estaba tibia y olía a medicamentos. Caminé hacia la otra recámara. Había una mesa y sobre ella fotos de Roland, Anca y mías, tachadas con rojo; planos del taller de Leandro, fotos de algunos cuadros y otros documentos. Al fondo, en la esquina, un camastro que olía a sexo y jazmín. Retiré las sábanas y encontré un arete de diamantes.

Llamé a Anca inmediatamente. "El número que usted marcó no existe". Recibí un video: yo, volteando hacia ambos lados, entrando a casa de Isi. Y un mensaje: "Gracias por todo, Joaquín. *Au revoir*".

AGRADECIMIENTOS A:

Alicia, Alonso y Gabriela, Gaby y Brau, Oliva y Flavio(+), Paty y Bety, Evo (Mariel) Avilés, Omar Fabián, Perla Sanjuan, Ana Aragón, Juan Luis García, Liz Zorrilla y Rigoberto José, Roc y Bastet, Francisco y Angélica, Horacio López Flores, Jesús Galindo Cáceres, Francisco Toledo(+), Héctor Feliciano, Alberto Chimal, Fundación para las Letras Mexicanas, Casa-Estudio Cien Años de Soledad, Juan Villoro, Alberto Barrera Tyszka, Élmer Mendoza, Centro de las Artes de San Agustín, Martín Solares, Sociedad Artística Sinaloense. Alfredo Araujo, Gustavo Soriano, Karen Huerta, Paty Medina, Roberto López Flores, Juan Robles, Ilán Sánchez, Glendalys Marrero, Francisco Barragán. Samuel Canela de los Santos.

Y, sobre todo, gracias a ti. Al leer estas líneas, mi voz surge en tu mente y haces el sueño realidad.

Alonso Aguilar Orihuela
Oaxaca de Juárez, Oax.
Otoño del 2024

MENTIRAS EUROPEAS
y cinco cuadros robados
de Alonso Aguilar Orihuela
se terminó de editar
bajo la décima luna
nueva de 2024,
Oaxaca. Méx.

El tiraje es de 1000 ejemplares
impresos bajo demanda.
Los primeros 100
están firmados
por el autor.